À vendre robe de mariée jamais portée

Suivi de **Loto**

Florentine ESNAULT

À vendre robe de mariée jamais portée

Suivi de **Loto**

Nouvelles

Édition : BoD – Books on Demand, info@bod.fr
Impression : BoD – Books on Demand, In de Tarpen 42,
Norderstedt (Allemagne)

Impression à la demande

ISBN : 978-2-3225-0504-3
Dépôt légal : novembre 2023

MIXTE
Papier issu de sources responsables
Paper from responsible sources
FSC® C105338
FSC
www.fsc.org

À Éléonore, Émilie et Clémentine

CHAPITRE 1

On les avait averties : elles devraient vraiment s'y prendre à l'avance. Il fallait prévoir le temps de la confection et des retouches, un essayage parfois deux, sans compter que le choix pouvait être long !

En outre, essayer en automne une robe pour la fin du printemps ne posait pas de problème et la robe serait livrée au magasin deux mois avant la cérémonie ce qui évitait tout stress inutile.

Elles avaient donc pris rendez-vous dans une boutique proche de Paris qui leur avait été chaudement recommandée et l'essayage avait commencé.

Quand Aude se regardait dans la glace, elle ne sentait pas toujours à l'aise dans la robe proposée mais devait reconnaitre qu'elle était toujours jolie.

Il faut dire que tout lui allait : de la robe travaillée, un peu chargée, dite de « princesse » au simple fourreau, du décolleté sexy au sage ras du cou : elle aurait pu porter avec succès n'importe quel modèle et la vendeuse, souriante et professionnelle, lui avait présenté une quinzaine de robes, variant formes et matières.

La première et la plus grande des inégalités reste probablement l'inégalité physique. Il suffit pour s'en convaincre de regarder des hommes ou des femmes vêtus d'un uniforme, celui d'une compagnie aérienne par exemple. La même tenue ne produit pas le même effet. Quelle injustice ! pourquoi telle silhouette est-elle harmonieuse, telle autre non ? pourquoi tel visage est-il naturellement peu gracieux ? des fesses plus ou moins hautes, un nez plus ou moins long, des yeux plus ou moins grands peuvent avoir de nombreuses conséquences, parfois plus difficiles à surmonter que d'autres disparités.

Plantée face au miroir, Aude n'arrivait pas à se décider.

Finalement, une robe sembla retenir son attention, ralliant tous les suffrages même ceux qui n'étaient pas requis des autres clientes présentes ce jour-là dans la boutique : de futures témoins accompagnant leur amie et poussant des cris d'admiration à chaque fois qu'elle sortait de la cabine d'essayage, une sœur qui regardait sa cadette avec une pointe d'envie, et même une grand-mère qui trouvait la robe enfilée par sa petite fille trop décolletée pour l'église :

« Il te faudra un châle »

Il faut dire que la robe qu'Aude avait revêtue était vraiment son style : la coupe mettait en valeur sa ligne harmonieuse et la légèreté du tissu, son apparence juvénile. Pour achever de la convaincre, la vendeuse apporta une couronne et fixa le voile. Elle se découvrit alors en mariée.

Les mots devenaient réalité.

Il y avait eu la demande, la petite bague emballée dans du papier de soie « en attendant la vraie », le champagne, les larmes, l'émotion amplifiée par la surprise, elle ne s'y attendait pas, du moins pas à ce moment-là, pas comme ça. Puis, il y avait eu les annonces, aux parents d'abord, aux frères et sœurs, aux cousins, aux amis proches… à chaque fois la phrase magique

« Voilà, on voulait vous dire qu'on va se marier ! » déclenchait les embrassades, les bravos, les cris de joie ou d'étonnement, les sourires entendus.

Puis les questions fusaient.

Il avait fallu commencer les démarches, à l'église « Mr le curé, nous voudrions nous marier », à la mairie « bonjour, c'est pour un mariage, quelles sont les formalités ? ». Elle avait consulté des sites dédiés. Ils n'avaient pas arrêté, pris dans un tourbillon joyeux.

« Mariage, marier », les mots étaient au cœur de toutes les conversations, de toutes les préoccupations.

Aude avait vécu une adolescence sans problèmes, très entourée et choyée. Elle pouvait se montrer désinvolte et, sans être superficielle, faisait preuve d'un certain manque de maturité.

Et voilà que soudain, reflétée par le grand miroir, se tenait devant elle, la mariée ; les mots prenaient corps. Elle fut saisie d'une peur brutale, d'une sorte d'attaque de panique.

Elle n'était pas prête : pas déjà, pas encore. Elle n'avait rien d'une jeune femme rangée et consciente de ses nouvelles responsabilités. Le bonheur à venir sonnait la fin d'une insouciance, d'une légèreté qui lui allait si bien. Elle n'était plus certaine d'être prête à renoncer à la liberté qui était la sienne depuis plusieurs années : elle pouvait vivre au gré de bon nombre de ses envies, n'ayant de devoirs envers personne, ni d'obligations familiales qui l'aurait retenue, elle menait sa vie sans réelles contraintes extérieures. Y renoncer ? Non pas déjà, pas encore.

Il faisait un peu chaud dans la boutique.

Sa mère, fatiguée et lassée par des atermoiements qu'elle ne comprenait pas, insistait pour qu'elle se décide. De plus elle était heureuse et secrètement flattée que sa fille lui ait demandé de l'accompagner : elle ne voulait pas que cette occasion lui échappe et se solde par un échec.

Elle finit par sortir son carnet de chèque ; la robe qui venait d'être essayée avait été commandée.

Elle ne serait jamais portée.

CHAPITRE 2

La saison avait été d'autant plus chargée qu'ils avaient désormais deux familles et le double d'amis : entre mai et septembre, ils avaient assisté à six mariages.

De belles cérémonies, de joyeuses fêtes qu'elle vivait avec, en arrière-pensée, leur propre mariage qui approchait : la robe était déjà commandée.

Que d'efforts, que d'investissements de toute nature ! de quoi trouver des idées pour leur propre mariage. Pourtant, quelle lassitude !

Tous ces mariages se ressemblaient : l'église emplie d'un joyeux brouhaha, l'agitation des mères autour des enfants d'honneur énervés ou apeurés, l'émotion quand le silence se faisait à l'entrée de la mariée, tout de blanc vêtue, saluée par l'orgue solennel, la copine qui animait les chants à l'étroit dans son tailleur pastel, l'adolescente à la robe trop courte qui guidait une petite fille attendrissante dont le panier de quête se remplissait bien vite, l'alliance qui avait du mal à glisser le long du doigt, le baiser réclamé à la sortie, le cocktail qui trainait en longueur, les serviettes qui tournoyaient comme d'étranges mouettes à l'entrée des mariés dans la salle à manger, le discours dont les allusions n'amusaient qu'elles, des témoins de la mariée, la traditionnelle valse du père et de la fille sous les flashes, le cousin éméché à la fin de la soirée….

Toujours pareil, sans caractère, sans véritable personnalité.

Quoique Mélanie aimât les fêtes, elle n'en pouvait plus, en avait presque la nausée. Peu à peu, un étrange dégoût, une sorte d'indigestion lui barbouillait le cœur.

Elle n'avait jusqu'alors que très peu participé à des mariages : elle l'était l'ainée de sa famille et n'avait qu'un seul cousin marié : elle n'avait pas pu prendre conscience de ce que cela pouvait donner !

Ce qui l'écœurait ce n'était pas seulement le côté un peu ostentatoire et mondain de certains mariages mais leurs rituels immuables qui les privaient de toute authenticité.

Ses sentiments n'étaient pas en cause : elle aimait profondément son fiancé, avait été heureuse de sentir leur complicité grandir et leurs projets de vie prendre corps.

Mais on lui avait dit que son mariage était Le Jour de sa vie, le plus beau jour, Son jour.

Eh bien, ce n'était pas de ce jour-là qu'elle voulait, ce n'était pas comme cela qu'elle le voulait : elle voulait un jour qui lui ressemble, original et coloré, honnête qui plus est : une robe virginale, un voile dans lequel certains voient un symbole de soumission, une jolie tradition certes mais quelle hypocrisie ! elle voulait autre chose, elle ne voulait pas jouer un rôle écrit pour d'autres et trop joué.

Non, elle ne serait pas une mariée de circonstance semblable à la figurine en plastique qui trônait en haut de la pièce montée.

CHAPITRE 3

Quelques semaines avant leur mariage, alors que les préparatifs étaient bien avancés, le traiteur réservé, la robe commandée, ils furent convoqués par M6.

Des amis avaient envoyé, par plaisanterie, de celles qu'on imagine pour un enterrement de vie de célibataires, leur candidature à la chaine ; leur profil avait plu et ils se retrouvèrent sur le plateau de « Pour la Vie » avec trois autres couples.

L'animateur posait aux filles puis aux garçons, installés dans de petites loges isolées phoniquement, les mêmes questions et comparait les réponses : le couple qui totalisait le plus de réponses communes gagnait son voyage de noces, un voyage de rêve offert par la chaine.

Le début fut triomphal : Aymeric et Karine connaissaient le plat préféré, la couleur favorite, le pays ou le chanteur de prédilection de l'un et de l'autre.

Puis ce fut moins convaincant ; à la question :

« Qu'attendez-vous de cette émission ? » elle répondit :

- Un beau voyage, inaccessible autrement.

Lui : - Le simple plaisir de vivre de l'intérieur le tournage d'une émission de télé, de découvrir les coulisses, l'autre côté de l'écran » Il jouait surtout pour le plaisir et se moqua de son attirance pour le gain.

« Qu'est-ce qui vous a d'abord plu chez votre fiancé ? »

En rosissant, Karine avait répondu « Sa beauté : il est tellement séduisant ! »

Lui qui pensait l'avoir séduite par son intelligence et son humour fut un peu déçu.

« Que diriez-vous de votre fiancée ? » enchaina l'animateur souriant.

Aymeric : « Qu'elle est énergique et dynamique »

Elle avait répondu sans hésiter qu'il la trouvait pleine de charme et appréciait son élégance naturelle.

Le souvenir si différent qu'ils avaient de leur première fois fit rire le public présent sur le plateau mais les laissa perplexes.

Les questions fusaient : l'importance qu'ils accordaient à l'argent, le loisir qu'ils aimaient partager, comment ils se voyaient dans cinq ans :

« En province sans doute avec, j'espère, un ou deux enfants »

« Sûrement à Paris, en train de penser à fonder une famille ».

Les réponses données ne coïncidaient plus.

Se mêlaient la contrariété de voir les autres couples marquer des points et s'embrasser fougueusement devant les caméras après chaque bonne réponse et un sentiment plus insidieux, une certaine amertume et sans doute une forme d'inquiétude : ils ne se connaissaient pas si bien qu'ils le croyaient.

Arriva la dernière question « Quel serait votre plus grand malheur ? » Sans le savoir, Aymeric avait répondu comme Proust : « Ne pas avoir connu ma mère ni ma grand-mère ». Elle resta interdite. Ces deux femmes, au demeurant fort sympathiques, étaient donc les femmes les plus importantes de sa vie ?

Quand ils se retrouvèrent dans la rue, un peu étourdis, il tenta sans succès de prendre une main qui ne se tendait plus.

CHAPITRE 4

Quand son téléphone sonna, une sonnerie qu'elle avait choisie gaie pour conjurer le sort - une mauvaise nouvelle ne s'annoncerait pas ainsi- elle ne savait pas encore qu'elle s'était trompée.

Matthieu lui annonçait qu'il était rentré, après dix jours passés en voyage avec un ami d'enfance qu'il n'avait pas revu depuis longtemps, une sorte d'enterrement de vie de garçon. Il voulait la voir très vite, le soir même, il avait des choses importantes à lui raconter.

Quoi de plus normal que cette impatience ? ils allaient se marier les préparatifs allaient bon train et la robe de mariée était même déjà commandée.

Toute heureuse, elle se rendit dans un bar où ils avaient leurs habitudes, curieuse d'entendre le récit de son escapade. Elle ne s'attendait pas à ce qu'il allait lui avouer.

Matthieu arriva, bronzé, bien mis comme à son habitude ; plutôt coquet, il prenait soin de son apparence et sans pour autant y consacrer un budget trop important, était toujours élégant. Il était raffiné et aimait les belles choses.

Après un baiser rapide, comme quelqu'un pressé d'en finir, il se lança :

« Si tu savais… Ce séjour a changé ma vie, je suis bouleversé : j'ai pris conscience d'une attirance, jusqu'alors confuse et refoulée, pour les garçons.

Revoir cet ami d'enfance avec lequel j'avais partagé tant de jeux et de joies a réveillé des pulsions inavouées et pour beaucoup de membres de ma famille malheureusement, encore inavouables. C'est sans doute pour cela que je n'ai jamais voulu analyser certains de mes émois ou m'interroger sur le trouble que me causaient certains camarades.

Enfant, j'ai toujours préféré la compagnie des filles ; les jeux des garçons de mon âge m'attiraient peu et me semblaient souvent inutilement brutaux. Je délaissais le foot ou le rugby pour regarder ma sœur et mes cousines jouer paisiblement à la poupée. Il m'est même arrivé de leur donner des conseils pour confectionner tel ou tel habit. Elles m'écoutaient : « Il parait que les grands couturiers sont souvent des hommes » disaient-elles en riant, singeant leurs mères.

Plus tard, j'ai eu des coups de cœur pour un professeur ou un moniteur de tennis. Je multipliais les occasions de les croiser, déçu et même malheureux si je ne les voyais pas. Mon cœur battait plus fort quand ils me parlaient et je m'inventais des histoires qui finissaient toutes pareilles : ils m'avouaient que j'étais leur préféré et me serraient dans leurs bras avec une tendresse qui faisait naitre en moi d'étranges sensations inconnues.

Mais de là à imaginer … J'attribuais mes sentiments à une admiration légitime pour leur maitrise ou leur savoir et à une trop grande envie de plaire et d'être aimé : j'étais si peu sûr de moi !

Aujourd'hui, avec le recul, je me rends compte que je n'ai jamais été comme les autres garçons. Je n'ai jamais partagé leurs goûts, leurs prétentions ou leurs idéaux.

Comme étranger à moi-même, je n'ai jamais eu les désirs traditionnellement attachés à mon sexe.

J'ai toujours été sensible au charme des hommes. Je me demande même si je n'ai pas toujours été attiré par les garçons. J'ai refoulé ce penchant par manque d'assurance et de confiance en moi bien sûr mais aussi par lâcheté : c'est si difficile d'affirmer une différence, de suivre un chemin qui n'est pas celui que suit la majorité des gens, un chemin qui sort de la norme. Je n'ai pas su ou pas voulu accepter ma différence.

Alors, j'ai recherché la compagnie des filles, désirant inconsciemment me persuader que je me trompais, que j'étais comme les autres, qu'elles me plaisaient.

Je me suis laissé prendre au jeu de la séduction et en ai tiré un certain plaisir. J'ai été sincère et les sentiments que j'éprouvais pour toi n'étaient pas feints. J'ai cru que tu serais la femme avec laquelle je pourrais construire quelque chose. Simplement, j'ai compris aujourd'hui que c'était un leurre. On ne choisit pas son orientation sexuelle.

Je suis à la fois déstabilisé et en même temps soulagé comme celui qui sort la tête de l'eau ou qui, perdu, découvre soudain un chemin dans le brouillard.

Chérie, je sais désormais que je suis homosexuel. Je n'arriverai pas à te rendre heureuse et je ne pourrai jamais m'épanouir dans notre mariage.

Cela n'enlève rien aux sentiments que je te porte, je t'aime beaucoup. Tu seras toujours ma meilleure amie, ma véritable amie. »

Dans les moments de grand désarroi comme celui qu'elle était en train de vivre, on a parfois des réactions surprenantes de prosaïsme : elle consulta sa montre non pour avoir l'heure mais pour vérifier la date : trop tard ! sa robe de mariée désormais inutile avait déjà été expédiée.

CHAPITRE 5

Leurs fiançailles avaient été marquées par une épreuve :
à trente ans, Cyril s'était soudain effondré en pleine rue,
victime d'un infarctus aussi foudroyant qu'imprévisible.
Il avait dû subir une greffe du cœur.

Il avait eu une sacrée chance de s'en tirer et se sentait
désormais en pleine forme ; il avait beaucoup d'idées, une
multitude de projets. Dieu que la vie lui semblait belle
depuis qu'il avait bien failli la perdre ! qu'il était bon
d'être venu au monde en un siècle où la science était
capable de troquer un cœur défectueux contre un cœur
jeune et vigoureux ; il se sentait vraiment bien, bien mieux
qu'avant même.
Il avait repris son activité professionnelle et mettait tant
de cœur à l'ouvrage que son chef, comme il l'appelait,
tout en évoquant une probable extension de ses
responsabilités, l'avait amicalement mis en garde :
attention à ne pas se jeter à cœur perdu dans le travail.
Il n'avait jamais perdu contact avec ses amis mais,
curieusement, il avait l'impression que quelque chose
avait changé : le pauvre Georges, par exemple, avec ses

éternelles plaisanteries, ses jeux de mots faciles ne le faisaient plus rire d'aussi bon cœur.

Quant à Martine et Jean-Pierre leur passion pour le golf lui semblait de plus en plus envahissante et frisait, pour lui, la monomanie.

Ils passaient tout leur temps libre sur les greens de France et du monde, leurs propos étaient émaillés de termes techniques et d'allusions incompréhensibles pour qui n'évoluait pas dans leur monde. Jusqu'à leurs cendriers qui avaient la forme de clubs de golf ! Il les trouvait snobs et n'avait plus le cœur de faire semblant de s'intéresser à leurs récits.

Quant à Jacques, un camarade de collège qui se plaisait à évoquer ses conquêtes féminines, il faisait sourire Cyril qui l'aimait bien malgré sa faconde. Pourtant, les évocations grivoises de son ami ne le mettaient plus autant en joie : vaguement mal à l'aise, il l'écoutait à contre cœur.

Il repassa chez lui en début de soirée ; un livre était posé sur la table, un volume de La Recherche du Temps Perdu. Certains passages l'émouvaient profondément et trouvaient en lui d'étranges échos, étranges pour quelqu'un qui n'avait jamais pu lire deux pages de Proust sans que le livre ne lui tombe des mains.

Curieusement, lui revenait aussi en mémoire des poèmes qu'il ne se souvenait pas avoir appris par cœur et certains vers lui mettaient parfois les larmes aux yeux. Il s'en voulait de ces émotions étranges qui le déroutaient : lui l'être volontiers moqueur qui analysait les choses et les êtres avec réalisme et pragmatisme, gardant toujours la tête froide, s'attendrir sur des vers, se laisser émouvoir par des mots ! Néanmoins, pour un peu, il aurait regretté de ne pas avoir connu cela plus tôt.

Il lui fallait maintenant se préparer pour sortir, pas question d'être en retard ou négligé. Quelle cravate choisir ? la verte ? Oui, Adeline aimait le vert. Qu'importe après tout, n'étaient-ce pas ses goûts à lui qui comptaient ? Il choisirait une tenue selon son cœur. Adeline... qu'il allait enfin épouser dans quelques semaines, d'ailleurs elle avait choisi sa robe depuis longtemps.

Quelques instants plus tard, après une dizaine de coups d'œil au miroir, n'était-il donc plus aussi sûr de lui ? Il sauta, le cœur léger, dans un taxi qui le conduisit dans un petit restaurant « A Vot' Bon Cœur » où il avait réservé une table.

Il s'assit pour attendre Adeline et regarda sa montre : Adeline était en retard, « en retard » et si elle ne venait pas ? si elle ne voulait plus le voir ? et s'il lui était arrivé quelque chose ? et si... c'est alors que Cyril prit conscience qu'il n'avait jamais vraiment attendu une femme. Elles l'avaient toujours attendu, fières d'avoir été remarquées par ce Don Juan, persuadées chacune d'être la femme capable de retenir pour la vie ce joli cœur qui multipliait les conquêtes et qui arrivait toujours en retard, souriant et négligé, insouciant et moqueur. Adeline comme les autres y avait été sensible.

« Bonsoir »

Elle était devant lui, grande, blonde avec les yeux très clairs, sophistiquée comme à son habitude. Son cœur ne bondit pas dans sa poitrine comme il s'y attendait même s'il s'était déjà rendu compte que la magie n'opérait plus comme avant.

Il la regardait comme s'il la voyait pour la première fois et il réalisa soudain qu'elle n'était pas du tout son type ; ne serait-elle plus une femme selon son cœur ? Mais qu'importe après tout : il ne serait pas le premier à être attiré par une femme qui n'était pas son genre !

Le diner fut agréable, il écoutait Adeline qui parlait de tout et de rien avec animation, sûre d'elle, heureuse de le trouver en forme. Lui hésitait à exprimer ce qu'il avait sur le cœur, trouvant ce babillage un peu insignifiant.

« Quand tu découvriras ma robe de mariée ! dit-elle. Je crois bien, ajouta-t-elle avec un sourire faussement modeste, que la coupe me met plutôt en valeur…

-Cela ne m'étonne pas, ce ne doit pas être bien difficile dit-il avec une galanterie un peu machinale

- Ne me demande pas de détails reprit-elle, mutine, c'est une surprise. »

L'idée de demander des détails ne l'avait pas effleuré un seul instant ; il aurait aimé une conversation plus sérieuse, plus personnelle.

« Est-ce que les affaires de ton frère se sont arrangées ? » demanda -t-il soudain.

Elle fit la moue.

- Pas vraiment

- Tu sais, j'ai pensé… en ce moment, j'ai... enfin j'aurais pu lui prêter une certaine somme, le dépanner en quelque sorte »

Il hésitait, ne voulant pas jouer au grand seigneur, rôle qui naguère ne lui déplaisait pas, mais il suivait ce que son cœur lui dictait.

Adeline se moqua :

« Quel cœur d'or ! je ne te savais pas si généreux et ne suis pas tout à fait d'accord ! Tu ferais mieux de garder tes économies pour nos projets. Je ne te comprends plus, tu n'as jamais porté mon frère dans ton cœur ni été très indulgent sur sa façon de gérer sa carrière et tout à coup… enfin, si le cœur t'en dit… »

Comme il la regardait, il prit soudain conscience qu'il n'allait pas l'épouser : dans sa poitrine battait le cœur d'un autre.

CHAPITRE 6

Rémi et Capucine s'étaient rencontrés sur les bancs de l'École, en fin de collège et ne s'étaient jamais vraiment quittés.

Leurs familles se connaissaient et s'appréciaient. Ils avaient souvent partagé des week-ends ou des vacances au bord de la mer, participant aux mêmes jeux et fréquentant le même cercle d'amis.

La vie était facile, sans grand imprévu, rassurante et tranquille.

Leurs sentiments avaient grandi et évolué avec eux et leur camaraderie puis leur amitié étaient insensiblement devenus de l'amour.

L'annonce de leur mariage n'avait surpris personne et avait réjoui leurs mères qui espéraient secrètement un tel dénouement et voyaient dans leur histoire le gage d'un amour durable : ils se connaissaient si bien !

Quand Capucine était allée choisir sa robe, un peu avant Noël, Rémi avait tenu à l'accompagner. Il s'était senti un peu mal à l'aise au milieu de cette clientèle exclusivement féminine mais ne l'aurait jamais avoué. Heureusement pour lui, ils étaient assez facilement tombés d'accord et la robe avait été commandée.

Le réveillon du 31 décembre aurait lieu chez les parents de Rémi qui avaient de la place et iraient finir l'année… avec les parents de Capucine.

Quand ils avaient fait la liste des invités, Rémi avait évoqué la venue probable d'un de ses amis d'enfance qu'il avait perdu de vue quand ses parents étaient partis pour le Brésil avec toute leur petite famille mais avait lequel il était resté plus ou moins en lien.

La curiosité légendaire de Capucine fut piquée : elle avait hâte de découvrir cet « ami inconnu », Fabrice.

Quand il entra dans la pièce, elle l'identifia aussitôt puisqu'il était le seul qu'elle ne connaissait pas.

Fabrice était plus grand que Rémi et aussi brun que celui-ci était blond. Quand il s'inclina devant elle, une main sur le cœur, elle éprouva un trouble inconnu : envahie par une soudaine bouffée de chaleur, elle se sentit rougir et eut la désagréable impression que ses jambes flageolaient légèrement.

« Je savais que Rémi avait bon goût mais je n'en espérais pas tant de lui !

– Merci murmura- t- elle en lui tendant la main. »

La soirée se passa dans l'euphorie générale : tout le monde était en forme, voulait finir l'année en beauté et aborder la prochaine en faisant la fête : « Au gui l'an neuf ! ».

Quoi de plus grisant, surtout à leur âge, que d'imaginer de nouvelles pages à écrire, de nouvelles étapes à franchir, de nouveaux départs. Ils se sentaient comme des écoliers le matin de la rentrée.

Le lendemain en fin de journée, Rémi, Fabrice et Capucine se retrouvèrent pour parler plus tranquillement, Fabrice devant regagner le Brésil quelques jours plus tard.

La conversation ne languit pas. Fabrice portait sur leur monde un regard et un jugement nouveaux qui les déstabilisaient un peu. Il leur parlait aussi, avec ferveur, de son pays d'adoption et de tout ce qu'il y avait découvert.

Capucine ne le quittait pas des yeux. Fascinée par son charme et par son originalité, elle buvait ses paroles. A leur rythme, il lui semblait que le monde s'élargissait, se parait de couleurs insoupçonnées et que des perspectives mal connues et grisantes s'ouvraient.

A la fin de leur conversation, Fabrice planta soudain son regard dans le sien :

« Puisque tu dois épouser mon meilleur ami, j'aimerais mieux te connaitre. Que dirais-tu d'un petit verre en tête à tête ? Disons demain. »

Elle avait accepté plus vite qu'elle n'aurait voulu et Rémi avait acquiescé secrètement flatté de l'intérêt que Fabrice portait à sa fiancée.

Tout s'était passé très vite.

Elle lui parla volontiers d'elle, de Rémi, de leur histoire qui pouvait paraitre banale mais qu'elle trouvait si romantique. Elle voulait aussi poursuivre la conversation de la veille, lui poser, à son tour, quelques questions, avide de mieux connaitre sa vie si différente de ce qu'elle connaissait quand soudain, se penchant au-dessus de la petite table, il l'avait embrassée. Elle n'avait pas tardé à le rejoindre sur la banquette.

Capucine avait toujours pensé que les coups de foudre n'existaient que dans les romans ou au cinéma. Et pourtant, son univers tranquille venait de s'écrouler et tout était balayé sous l'assaut d'un imprévisible orage.

Elle sut qu'elle prendrait un billet d'avion pour le Brésil, laissant derrière elle sa robe de mariée.

CHAPITRE 7

Pauline et Jean allaient se marier. La robe choisie avec Jean était commandée.

Tout était allé vite. Il faut dire qu'ils se connaissaient depuis un certain temps et que leur amour était, en outre, cimentée par des intérêts réciproques : à 34 ans elle était, il faut bien l'avouer, contente de quitter un célibat qui finissait par lui peser, quant à lui le mariage lui donnerait, en outre, une respectabilité précieuse pour la carrière politique qu'il ambitionnait. Pauline estimait ce quadragénaire brillant et sûr de lui qui la rassurait.

Elle en avait presque oublié Bertrand et quand son téléphone sonna elle mit quelques secondes à reconnaitre sa voix. Il lui donna rendez-vous dans un bar proche de chez lui, il voulait la voir rapidement.

Quand il arriva, il tenait une lettre à la main et Pauline ressentit un creux dans le ventre.

« Le gardien me l'a apportée ce matin, l'air à la fois fier et penaud car elle ne date pas d'hier : elle a été retrouvée, à la faveur de travaux dans le hall de l'immeuble, coincée entre le mur et la boite aux lettres. Je l'ai lue » ajouta Bertrand sans la quitter des yeux.

Cette fameuse lettre, Pauline s'en souvenait par cœur, ayant pesé chaque mot, l'ayant écrite et réécrite plusieurs fois avant de la glisser dans une enveloppe verte, couleur d'espérance. Il s'agissait de mettre toutes les chances de son côté :

« Bertrand,

Quand tu auras achevé la lecture de cette lettre, tu comprendras aisément que j'ai beaucoup hésité avant de l'envoyer : cette démarche est contraire à mon caractère et à une certaine forme de romantisme teinté de fatalisme ; jamais je ne l'aurais entreprise si je n'avais pas l'impression que je ne te suis pas indifférente.

Il m'a semblé que le jeu en valait la chandelle et que nous ne pouvions rester indéfiniment dans la situation ambiguë et stérile qui est la nôtre aujourd'hui. Beaucoup plus qu'amis, bien moins qu'amants même si nos proches nous regardent d'un air entendu.

A part certains regards, quelques étreintes furtives, tu gardes toujours tes distances, présent et lointain à la fois. Je sens que tu aimes être avec moi mais c'est comme si que quelque chose te retenait : la peur de l'échec, la crainte d'être éconduit ? et si nous étions en train de passer à côté de quelque chose ?

Nous ne sommes plus des gamins et la situation me pèse. Soit, nous cessons de nous voir, oublions les moments passés ensemble et continuons nos chemins sans perdre de temps, soit nous essayons de vivre quelque chose ensemble.

Par bien des côtés, tu ressembles à l'homme que j'ai souvent souhaité rencontrer. Et si nous étions la chance l'un de l'autre ? »

Pauline

Le facteur, impassible, ne lui avait apporté aucune réponse, le téléphone était resté muet, elle avait évité d'aller chez des amis où elle était susceptible de rencontrer Bertrand, soucieuse de ne pas se retrouver dans une situation gênante pour tous les deux. Les jours passant, il lui avait fallu se rendre à l'évidence : Bertrand ne répondrait pas, Bertrand ne voulait pas d'elle.

Elle avait imaginé plusieurs scénarii : Bertrand aimait en secret une autre jeune femme depuis longtemps, une créature mystérieuse et brillante – elle ne pouvait l'imaginer avec une créature médiocre- qu'il cachait à ses amis, il avait renoncé pour des missions passionnantes à tout attachement durable, il était parti sans prévenir pour des contrées lointaines, lui qui aimait l'aventure et les sentiers peu balisés ; ce qui avait sans doute éloigné d'elle ce garçon était justement ce qui l'avait attirée et séduite : la part de sa vie qui lui échappait, son côté aventurier qu'elle ne partageait pas et qui la faisait rêver. ...En fait, elle se refusait à croire que le silence de Bertrand pouvait n'être que l'aveu de son indifférence.

Elle avait été très déçue, avait même un peu pleuré, blessée dans son amour et dans son amour propre. Puis, comme on le lit dans les romans, le temps avait apaisé ses regrets. Pourtant, sans vouloir se l'avouer plusieurs mois après, Pauline y pensait toujours. Il n'y avait pas d'autre explication à l'émoi qui s'emparait d'elle en trouvant dans son courrier une enveloppe dont l'écriture ne lui était pas familière ou quand une voix masculine qu'elle mettait quelques secondes à identifier la demandait au téléphone. Puis elle avait rencontré Jean.

Bertrand la regardait intensément

« Comme je ne te voyais plus, que tu ne me donnais plus aucune nouvelle, je n'ai pas osé te relancer. J'ai interprété ton silence comme l'envie de faire une pause sans oser l'avouer. J'avais plusieurs longs déplacements professionnels en vue à l'époque et je me suis dit qu'il serait toujours temps à mon retour.... Pauline, si j'avais su, j'aurais couru vers toi qui as si bien compris mes hésitations. Tu étais la première jeune femme que j'appréciais vraiment, mais, à l'époque, ton manque d'assurance, ta sensibilité et ta perceptible envie de plaire mélangés me déconcertaient, je ne te sentais pas très mûre. J'avais tellement peur de me tromper sur tes véritables sentiments que j'ai préféré attendre. Pauline, si tu voulais, s'il n'est pas trop tard... »

Quand il se pencha vers elle, elle sut qu'elle ne porterait jamais la robe choisie pour Jean.

CHAPITRE 8

Il était tôt ce matin-là quand elle approcha de la rue dans laquelle était situé le magasin où, soigneusement pendue parmi d'autres, l'attendait sa robe de mariée. Elle vit un panneau jaune qui indiquait une déviation ; elle ne s'en inquiéta pas plus que cela. Toutefois elle réalisa bien vite qu'il lui serait difficile d'approcher : une voiture de police barrait une des rues adjacentes. Elle baissa la vitre :

« Que se passe -t- il ? j'ai absolument besoin d'emprunter cette rue. » demanda- t-elle à l'agent de police en faction.

« Ça va être difficile, ma petite dame : le quartier est bouclé

– Bouclé ?

–On a trouvé deux obus sur un chantier voisin, devant le risque d'explosion, les habitations ont été évacuées, principe de précaution, et un périmètre de sécurité vient d'être établi.

– Il y en a pour longtemps ?

–Plusieurs heures le service de déminage vient d'être appelé ; l'intervention est toujours délicate. Ensuite il faut qu'une entreprise de pyrotechnie se déplace pour

35

s'assurer mètre après mètre qu'il ne reste pas un autre engin explosif sur le site. Pensez, deux obus ! »

Lorsqu'elle était venue pour des essayages, elle avait bien remarqué, sans y faire plus attention que cela, un chantier entouré de palissades ; visiblement on creusait des fondations en vue de la construction d'un immeuble et de parkings.

« Mais je dois absolument passer, j'ai une robe à prendre, elle criait presque

–Désolé ma pauvre dame, mais il faudra repasser demain ou attendre au moins jusqu'à 22 heures. »

Le magasin fermait à 19 heures comme tous les autres jours et elle réalisa soudain qu'on était un vendredi 13 juillet que le magasin serait fermé le lendemain et que la fermeture estivale était prévue le lundi 16.

Elle suffoquait

« Mais il faut…je dois… ma robe

–Sincèrement désolé mais on ne déroge pas quand il s'agit de sécurité ; le danger est réel ; sur ordre du préfet, tout le quartier dans la zone voisine du chantier a été évacué. Désolé vraiment, répéta-t-il en voyant son émotion. »

Elle se laissa tomber sur le volant, la tête dans les mains :

« C'est impossible, impossible ! »

Elle se souvenait de l'insistance de la vendeuse :

« Vous devriez prendre votre robe et la suspendre chez vous, à un lustre par exemple »

Elle avait tenu bon.

« Certainement pas : j'ai trop peur ; je préfère qu'elle soit chez vous à l'abri de mouvements intempestifs, de la maladresse d'un ami de passage, c'est arrivé à une de mes amies, du vin qui a taché la robe à travers la housse. Un incendie est toujours possible ou les rayons de la lune dont ma grand-mère se méfiait toujours … »

La vendeuse souriait devant ses objections et son entêtement.

« Je suis déjà assez stressée comme ça à l'idée de devoir la transporter en voiture et de la garder chez moi une semaine avant le mariage. Non, non, conservez-la le plus tard possible, je passerai la prendre au dernier moment, je serai plus tranquille. »

La vendeuse avait haussé les épaules

« Comme vous voudrez mais c'est dommage, les robes sont un peu serrées ici dans la réserve et ce n'est pas une bonne chose pour des formes comme celle que vous avez choisie. »

Elle n'avait rien voulu entendre.

Comment avait-elle pu être aussi obstinée ? pourquoi n'avait-elle retenu que la date du 16 juillet sans penser que le 14 juillet décalait la fermeture du magasin d'une journée et qu'elle n'aurait donc aucune marge ? Elle se mordit les poings pour ne pas crier. « Ma robe ! »

Elle saisit son téléphone et appela sa mère. Deux heures plus tard, elles franchissaient le seuil d'un magasin de prêt à porter spécialisé dans les tenues de mariage.

CHAPITRE 9

Le début de leur relation avait été compliqué par le fait que Clotilde avait eu du mal à accepter d'aller vivre avec Alain.

La plupart de leurs amis étaient en couple mais faire comme tout le monde ne l'avait jamais influencée.

De plus elle avait été élevée dans une famille croyante et pratiquante. Pour ses parents, la religion induisait tout naturellement, à moins de ressembler à des sépulcres blanchis, certaines manières de vivre.

Elle ne minimisait pas, dans son attitude, l'ascendant de son père et de sa mère, ouverts mais attachés à certains principes dont le bien-fondé était pour eux évident. L'idée de les décevoir était difficile à admettre pour elle qui les admirait tant et avait toujours tenu compte de leurs avis sans le regretter.

S'ajoutait à cela le souvenir de certaines lectures dénonçant l'ennui né de l'uniformité, de l'habitude, faisant l'éloge de la conquête amoureuse ou vantant le mérite des obstacles dans l'alchimie du désir.

Pourtant, Alain avait tellement insisté, se moquant gentiment de sa pusillanimité, s'était montré si pressant, que Clotilde avait cédé. Surtout qu'elle l'aimait vraiment et ne voulait à aucun prix risquer de le perdre. Elle s'était installée dans l'appartement qu'il occupait rue Legendre et il lui avait fait autant de place qu'il pouvait.

Les mois avaient passé sans véritable nuage mais elle ne se sentait pas vraiment épanouie ; elle s'inquiétait de l'avenir. Pourquoi donc refusait-il toujours de s'engager ? Comment allait évoluer leur histoire s'ils attendaient trop ? Que leur resterait il à découvrir l'un de l'autre ?

Ils menaient avant même d'être mariés une vie de couple légitime partageant le quotidien, invités toujours ensemble chez les uns ou les autres et aux fêtes de famille. Quel plaisir trouveraient-ils à vivre ensemble des moments devenus habituels ?

Elle ne pouvait s'empêcher de penser à ces couples qui, après avoir vécu ensemble plusieurs années, se séparaient au bout d'un an de mariage, déjà las d'une vie devenue ordinaire et sans surprise.

Elle tenait à lui et voulait donner toutes les chances à leur histoire. Elle décida puisqu'il semblait content de son sort et ne manifestait aucune volonté de changement de prendre les choses en main sans attendre davantage.

Un soir alors qu'il prenait tranquillement un verre elle lui posa un ultimatum

« Ou on se marie ou je te quitte »

Il essaya d'en rire, de prendre la chose à la légère, de la faire culpabiliser :

« Tu trouves peut-être qu'on n'est pas bien ? Tu n'es pas satisfaite de ton sort ? Madame ne manque pourtant de rien »

Elle resta intraitable « Ou on se marie ou je te quitte ».

Alain tenait à elle, il s'était habitué à leur vie et trouvait très agréable d'avoir une femme à la maison. De plus, s'il n'aimait pas le changement, il supportait encore plus mal la pression quelle qu'elle soit or c'était bien de cela qu'il s'agissait.

« Ou on se marie ou je te quitte » répétait-elle

Quelques semaines plus tard, il lui demandait donc sa main, dans les formes, un genou à terre. Elle rayonnait ; la famille rapidement mise au courant applaudit à cette nouvelle que chacun espérait et attendait avec plus ou moins de discrétion.

Alain fut congratulé, emporté dans un mouvement irréversible : on parlait dates, lieux, fiançailles. La tête lui tournait et le champagne qu'il buvait toutes les semaines n'y était pour rien. Il avait l'impression que sa vie lui échappait, qu'il était happé dans une espèce de cyclone. Il n'en demandait pas tant : il ne se sentait pas prêt à changer. Sa vie simple, sans effort et bien réglée, lui plaisait, il n'en voulait pas davantage. Pourquoi l'avait-elle ainsi mis au pied du mur ? Cela lui faisait peur.

Un soir, elle rentra triomphante

« J'ai trouvé ma robe, j'ai trouvé ma robe ! elle est même commandée ! et j'ai déjà une idée pour ma coiffure »
Son excitation lui déplut.

 - Ta coiffure, ta robe, pour ton mariage... ».

 Inconsciente de son ton, elle lui sauta au cou
« Oui, oui, tu vas voir …le moment venu » ajouta-t-elle jouant la coquette.
Le lendemain, il rompit, sans s'inquiéter davantage d'une robe qui ne serait jamais portée.

CHAPITRE 10

Lorsque Germain et Cécile s'étaient fiancés, elle connaissait assez mal son enfance et son adolescence provinciales. Elle savait qu'il avait fait de bonnes études dans un établissement public réputé avant d'être admis en classe préparatoire. Il avait aujourd'hui un travail qui lui plaisait et, ce qui ne gâchait rien, bien rémunéré.

Elle lui rapporta un soir un journal qu'elle avait lu dans le métro.

« Cela va t'intéresser, on parle de ta ville »

Une jeune femme prétendait avoir été harcelée par des jeunes de sa classe, des années auparavant. Non contents de se moquer d'elle, ils faisaient circuler sur les réseaux sociaux les pires choses sur son compte, lui prêtant des propos ou des attitudes vulgaires et obscènes. Tétanisée et honteuse, comme toutes les victimes, elle n'avait rien osé dire mais aujourd'hui, encouragée par ce collectif de femmes qui dénonçait le harcèlement et les abus qu'elles avaient subis, elle avait changé d'avis, voulait si ce n'est une réparation au moins une vengeance et portait plainte.

« Elle s'appelle Eva, elle a bien raison de balancer ses porcs qui doivent tous avoir réussi leur vie après avoir gâché la sienne. Ils vont payer, mieux vaut tard que jamais mais des années après cela peut faire des dégâts. Tu imagines… »

Oui, il imaginait très bien.

« Tu sais dit-il d'une voix blanche quand on est ado, qu'on ne veut pas perdre ses copains, on fait parfois des choses qu'on n'aurait jamais soupçonnées. Comme dit le poète « On n'est pas sérieux quand on a 17 ans » ; l'excitation, le sentiment d'impunité que donnent les écrans, font que l'on peut perdre le contrôle de soi, commettre des actes qui surprennent leurs auteurs eux-mêmes avec le recul.

- C'est évident mais ce n'est qu'une explication, en aucun cas une excuse.

- Il y avait des noms dans le journal ?

- Dans celui que j'ai lu non mais ils vont sans doute paraitre d'un jour à l'autre.

– Écoute dit-il d'une voix mal assurée en se rapprochant d'elle, autant que tu le saches, il y aura vraisemblablement mon nom dans la liste. »

Elle eut l'impression que le sol se dérobait

« Ton nom ?

- Je ne sais pas ce qui m'a pris, j'ai suivi les copains ; quand j'ai pris conscience que le jeu était en train d'aller trop loin, un haussement d'épaule, un « même pas cap » moqueur ont suffi à me faire perdre la tête et tout a basculé. »

Elle n'en croyait pas ses oreilles, sa vie a elle aussi venait de basculer et elle eut une pensée pour la robe de mariée qu'elle ne porterait pas.

CHAPITRE 11

Sa meilleure amie se désolait et commençait même à s'étioler car après plusieurs mois, bientôt plusieurs années de mariage, elle n'était toujours pas enceinte ; Stéphanie ne savait pas trop comment la réconforter alors qu'elle-même espérait bien attendre très vite un bébé. Elle avait adoré avoir des parents jeunes et voulait offrir à ses enfants la même chance car il s'agissait bien d'une chance à ses yeux. C'était si bien d'avoir un rythme de vie animé, de pouvoir faire du sport ensemble, de partager de nombreuses activités. Il faut dire que le dynamisme et l'entrain de ses parents étaient contagieux et qu'elle avait eu une enfance et une adolescence animées.

Elle se souvenait de sa gêne lorsqu'elle avait dit à une de ses amies de poney :

« Ton grand-père te cherche » pour apprendre qu'il s'agissait en fait de son père ! Elle avait eu un peu pitié de la fillette mais après tout peut-être ne mesurait-elle pas à côté de quoi elle passait.

Par ailleurs, plusieurs de ses amies lui avaient confié leur regret de ne pas avoir arrêté plus tôt la pilule : le temps que tout se remette en marche était parfois plus long qu'on ne l'aurait pensé !

Stéphanie avait donc décidé, en accord avec Clément bien sûr, d'interrompre sa contraception quelques semaines avant leur mariage. Cela ne lui avait pas coûté bien au contraire ; elle n'avait jamais pris beaucoup de médicaments et faisait partie de ces gens qui ne sont jamais malades, sans doute parce qu'elle jouissait d'une bonne santé, mais aussi parce qu'elle n'était pas du genre à s'écouter. Elle était plutôt du genre « Marche ou crève ». Cela l'aidait à minimiser les effets des maladies saisonnières et à ne pas se plaindre au moindre bobo. Elle préférait en outre les médecines naturelles et se méfiait de tous les produits chimiques et de tout ce qui contrariait artificiellement la nature. Elle utilisait le moins possible désherbants ou insecticides. Adolescente, elle se rinçait les cheveux avec une infusion de camomille et mangeait des artichauts ou du fenouil quand elle avait un peu trop fait la fête. Arrêter la pilule n'était donc pas un problème, bien au contraire !

Le jour J approchait et tout était prêt ; la robe cachée à tous les regards était suspendue à un clou dans la maison de ses parents, les invités avaient répondu présents en nombre et la réception était commandée.

C'est alors que Clément tomba malade ; rien de bien grave, il avait attrapé les oreillons. Il devait être rétabli juste à temps pour la cérémonie, peut-être pas en grande forme mais debout. Cependant les maladies infantiles sont bien plus virulentes lorsqu'on les contracte à l'âge adulte et le médecin se montrait de moins en moins optimiste ; le rétablissement escompté se faisait attendre. La veille du mariage le verdict tomba : il n'était pas question que Clément quitte la chambre ; le médecin était formel. Stéphanie s'effondra. Il fallait annuler ce qui pouvait l'être et faire bonne figure.

Le lendemain, à l'entrée de l'église, vêtue du tailleur bleu qu'elle portait pour leur mariage civil, elle accueillait les invités avec ses parents et ses beaux-parents. Ils répétaient la même phrase : le mariage est reporté, oui dans deux mois, ce n'est que partie remise mais nous vous attendons quand même aujourd'hui, venez surtout au cocktail prévu : il était trop tard pour tout annuler, si, si, venez, je vous en prie tout est commandé et… réglé."

Clément se rétablit, tout se passa comme annoncé, le mariage fut réorganisé, mais deux mois plus tard, Stéphanie ne rentrait plus dans sa robe.

CHAPITRE 12

Il se sentait investi d'une mission de la plus haute importance : aller chercher la robe de mariée !

Sa femme et sa fille lui avaient rappelé à plusieurs reprises de n'oublier ni le voile ni le jupon, l'avaient abreuvé de conseils :

« Surtout prends la à deux mains, étale la bien derrière, fais très attention… »

Il avait été choisi pour cette tâche non pour lui-même il le savait bien, même s'il avait la réputation d'être soigneux, mais pour sa voiture dont l'habitacle semblait mieux adapté à un tel transport. Il n'empêche qu'il était plus stressé qu'il ne le montrait.

Il arriva dans la boutique « Reine d'un jour » un peu gêné : il n'y avait que des femmes, émues et bavardes, des jeunes filles en plein essayage, des mères attentives, des amies affairées.

Il déclina son identité et dit qu'il venait chercher la robe de sa fille Clémence.

La vendeuse souriante revint bientôt de l'arrière-boutique tenant à bout de bras une housse opaque qui ne laissait rien deviner de son contenu.

« Je vais vous montrer la robe dit- elle

- Surtout pas » s'exclama- t'-il en souriant.

Il se souvenait de sa fille lui disant qu'elle aimerait vraiment lui faire la surprise, qu'elle ne voulait pas qu'il voit sa robe. Ils connaissaient tous les deux l'émotion de découvrir la mariée le jour J. Ils l'avaient constatée lors du mariage précédent : lorsque la sœur de Clémence était apparue, rayonnante et touchante dans sa robe ignorée de tous sauf de sa mère ; il avait fallu sortir les mouchoirs et essuyer furtivement une petite larme.

Il partit de la boutique, tenant la robe comme un trophée et l'installa à l'arrière de la voiture avec d'infinies précautions.

On suspendit la robe suivant les conseils, ; elle attirait en vain tous les yeux ; la mère et la fille échangeaient des regards entendus. La robe restait mystérieuse sous sa protection.

Enfin le grand jour arriva. Dans la petite pièce prévue à cet effet, Clémence coiffée, maquillée, attendait que sa mère l'aide à enfiler sa robe. La photographe engagée pour l'occasion faisait ses derniers réglages, prête à mitrailler l'habillage de la mariée, scène qui se devait de figurer dans l'album souvenir.

Soudain, Clémence entendit un cri : sa mère avait ouvert la housse : la vendeuse s'était trompée de cintre : ce n'était pas la robe qu'elles avaient choisie !

CHAPITRE 13

« Attention, dernier appel pour le vol Air France 2603 à destination de Venise. Bruno Joubard et Martine Tossin sont attendus pour un embarquement immédiat porte 8. Je répète : Bruno Joubard et Martine Tossin »

La voix, amplifiée par les haut-parleurs retentissait dans tout l'aéroport, claire et impérieuse, suscitant les commentaires de quelques voyageurs désœuvrés : comment pouvait-on rater l'embarquement ? où pouvaient-ils donc bien être ?

Bruno et Martine s'étaient rencontrés un an plus tôt chez des amis communs. Vive et enjouée, elle lui avait tout de suite plu ; quelque chose d'un peu irrégulier dans son visage lui donnait un charme particulier qui ne le laissa pas indifférent mais, ce soir-là, elle était accompagnée et il n'avait pas insisté.

Puis Bruno, chez une de ses sœurs, avait rencontré Chloé sans que le hasard y fût pour quelque chose.

Soignée, bien élevée, avec son air de sortir des Oiseaux, « elle cochait beaucoup de cases » comme sa sœur se plaisait à le dire.

Quelques mois après, il se fiançait cédant à la pression, en particulier à celle affectueuse mais réelle de sa mère, exaspérée par ses continuelles tergiversations :

« Ton caractère pusillanime va encore te jouer des tours ! Tu risques de la perdre, elle va finir par se lasser. Arrête de te poser toutes sortes de fausses questions ; à ton âge, il serait temps que tu te maries sinon tu n'auras plus pour choix que des laissées pour compte ! »

Chloé, toute heureuse, avait commencé les préparatifs et surtout commandé sa robe de mariée. Elle en rêvait depuis si longtemps !

Un soir, par hasard cette fois, Bruno avait croisé Martine à la sortie du métro et lui avait proposer de prendre un verre. Elle était momentanément libre, lui plus.

« J'ai une idée s'exclama -t'elle soudain. Si on se faisait une petite virée ? Une sorte d'enterrement de vie de célibataires ? »

Ils avaient préparé leur escapade en secret, heureux à l'avance de ce week-end atypique dans un lieu magique et tant pis si le choix était un peu ambigu : ni l'un ni l'autre curieusement ne connaissait Venise.

Bruno avait évoqué un voyage d'affaires important dans la région de Milan. Il lui fallait être sur place dès le week-end pour être opérationnel le lundi matin de bonne heure.

Voulant que la fête commence dès l'aéroport, ils s'étaient installés dans un des salons accueillants mis à disposition par la compagnie pour ses clients réguliers.

Ils y buvaient un verre, installés dans des fauteuils agréables. Rien à voir avec l'inconfort et le brouhaha des salles d'attente communes. Des tableaux lumineux répartis dans chaque angle affichaient les vols et les annonces étaient faites d'une voix feutrée pour ne pas troubler la quiétude du lieu : certains venaient là justement pour se reposer ou travailler sans être dérangés.

Martine souriait d'un air béat

« Luxe, calme et volupté » dit-elle en étirant ses jambes.

Bruno affichait un air faussement modeste : il n'était pas mécontent de lui permettre de profiter de son statut de voyageur privilégié.

« Et ce n'est qu'un début ! »

Ils commencèrent alors à échafauder le programme du week-end.

Quand ils levèrent les yeux vers le tableau d'affichage, ils n'eurent que le temps d'attraper leurs sacs et de se ruer dans le hall de l'aéroport.

« Ultime appel à destination de Venise : Bruno Joubard et Martine Tossin porte 8 » insista la voix.

Sans réfléchir, Béatrice qui se trouvait à l'aéroport, en partance pour une autre destination et qui trouvait le temps un peu long, saisit son portable et appela son amie Chloé.

« Alors comme ça tu n'accompagnes pas ton fiancé à Venise ? Comment à Milan ? »

Béatrice ne savait plus quoi dire, maudissant son téléphone et sa spontanéité : elle avait tout gâché et ne verrait jamais la robe choisie par Chloé.

CHAPITRE 14

Ninon perdit sa mère quand elle venait d'avoir deux ans.

Un accident comme il en arrive trop souvent en hiver. La voiture avait glissé sur une plaque de verglas et avait heurté de plein fouet un arbre sur le bas-côté de la route que la jeune femme empruntait pour rentrer de son travail. Elle avait été tuée sur le coup.

Ninon n'avait gardé aucun souvenir de cette femme souriant sur les photos qu'elle regardait souvent, essayant de faire remonter à sa mémoire une voix, une silhouette, un parfum... En vain.

De ce fait, elle ne se souvenait pas non plus d'avoir souffert ; ce n'est qu'après, bien plus tard, qu'elle avait mesuré l'ampleur de la perte.

Il faut dire que son père, Bernard, avait été remarquable de courage ; nonobstant sa propre douleur, il s'était occupé d'elle sans faiblir, avec une attention d'autant plus grande qu'il se voulait père et mère à la fois, n'acceptant qu'en cas de force majeure le relais des grands-mères.

Ninon vouait à son père une admiration sans bornes et un amour indéfectible.

Quand elle rencontra Étienne, elle se réjouit de voir que les deux hommes de sa vie semblaient s'apprécier et sympathiser.

Le mariage était prévu pour le mois de juin et Ninon avait déjà choisi sa robe.

Au mois d'avril, Étienne et Bernard eurent une discussion dont elle ne mesura pas tout de suite les enjeux.

Son père dirigeait une entreprise de papier à laquelle il était très attaché, y ayant travaillé toute sa vie. Aujourd'hui, il avait besoin d'un homme d'affaires compétent mais aussi d'un homme de confiance, un jeune associé sur lequel il pourrait s'appuyer pour gérer l'entreprise familiale qui, s'ouvrant à l'emballage et au packaging prenait un nouvel essor. Il avait pensé à Étienne et ne doutait pas du succès d'une démarche qu'il jugeait flatteuse pour le jeune homme.

A sa grande surprise, Étienne refusa.

Il ne voulait pas se trouver confronté à la méfiance teintée de jalousie des autres membres de la famille qui estimeraient, à juste titre, que « cette pièce rapportée » n'y connaissait rien et sortait de son domaine de compétences.

Mais ce n'était pas là le principal motif de son rejet : il travaillait pour un grand groupe de presse, métier qu'il aimait et pour lequel il s'était battu avec acharnement. Aujourd'hui, il allait avoir une promotion et sa nomination officielle à la tête des pages "Arts et spectacles" qui l'intéressaient particulièrement était une question de jours.

Le ton monta. Bernard fût d'autant plus furieux qu'il était vexé et dépité. Il parla salaire et perspectives d'avenir :

"Réfléchis bien, c'est à prendre ou à laisser. Sache que si jamais tu refusais, je t'en voudrais beaucoup. Je suis affreusement déçu ; tu n'es pas le garçon que je pensais. Quelle bêtise et quelle présomption de croire que tu trouveras ailleurs un meilleur salaire et une situation plus enviable ! Prends au moins un temps de réflexion avant de donner une réponse définitive"

Mais il ne s'agissait pas seulement de statut social, Pas question pour Étienne de lâcher son travail, d'abandonner un projet dans lequel il s'était beaucoup investi et de décevoir des gens qui lui faisaient confiance et comptaient sur lui.

Étienne était obstiné et fut catégorique. Il ne changerait pas d'avis.

Ninon, bouleversée, tenta de le raisonner :

"Tu devrais accepter, c'est une opportunité qui ne se représentera pas et…

-Non, l'interrompit-il. C'est une simple proposition qui ne m'intéresse pas et que je ne veux pas accepter. C'est une question de goût et de compétences. Je crois en outre qu'il serait malsain d'intégrer l'entreprise familiale et difficile de travailler avec ton père….

Je lui en veux de se mettre en colère et de ne pas chercher à me comprendre.

-Mais il a vraiment besoin de quelqu'un, la charge devient aujourd'hui trop lourde pour lui seul.

-Il trouvera : beaucoup de jeunes diplômés cherchent un poste ; il risque même d'avoir l'embarras du choix.

- Peut-être mais il sent trahi. As-tu conscience que ton refus risque de compromettre aussi notre relation ? "

Ninon ne pouvait envisager aimer quelqu'un que son père mépriserait. Elle avait toujours eu une confiance aveugle dans ses jugements et tenait compte de ses avis comme elle l'aurait fait d'oracles.

Elle connaissait son père : en plus d'être rancunier, il était entier, avec lui c'était tout ou rien. Si Étienne refusait, il le prendrait comme un véritable affront et mettrait un terme à leur relation.

Son admiration et son adoration pour son père étaient telles qu'il lui serait impossible de ne plus le voir ou alors en cachette de son mari, ce qui, à terme, n'était pas viable et porterait inévitablement atteinte à leur union.

Les deux hommes avaient des caractères forts. Aucun des deux ne revit sa position.

Le mariage fut annulé.

CHAPITRE 15

Héloïse était très coquette ; elle prenait soin d'elle et veillait à être toujours maquillée et impeccable jusqu'au bout des orteils, même l'hiver.

Elle avait toujours regretté que sa mère ne soit pas plus apprêtée. Cette dernière était toujours soignée mais se maquillait peu malgré une faiblesse pour le rouge à lèvres dont elle pensait qu'il donnait bonne mine. Elle se faisait rarement les ongles, n'allait chez le coiffeur qu'une fois par an et ignorait les huiles de douche et les gommages pour le corps dont sa fille faisait un usage régulier.

Héloïse n'était pas superficielle mais attachait beaucoup d'importance à l'apparence et, sensible au regard des autres et à l'impression qu'elle produisait, se préoccupait beaucoup de son look.

Sans être une acheteuse compulsive, elle consacrait une grande part de son budget à s'acheter des tenues, s'intéressait de près à la mode et ne portait jamais les mêmes vêtements deux jours de suite ; elle organisait des vide-dressings avec ses amies et les amies de ses amies quand ses placards débordaient.

Sa mère qui avait toujours eu peur de manquer : « On ne sait jamais de quoi demain sera fait » ne jetait rien, gardait les choses les plus improbables : bouts de chandelles, chutes de papiers, boites en carton… et surveillait la moindre dépense. Du coup, Héloïse avait un rapport à l'argent bien différent, plus détaché : une forme de revanche ? une manière de s'affirmer ? Sans doute un peu des deux.

Héloïse ne passait jamais inaperçue. Elle ne savait pas trop d'où lui venait ce besoin de se faire remarquer, d'attirer tous les regards, ce désir de plaire, d'aguicher les hommes aussi, sans d'ailleurs d'autres desseins que celui de se sentir belle et désirable ; bien des nouveaux venus s'étaient laissés prendre, persuadés d'avoir affaire à une fille facile et avaient été éconduits, plus ou moins vite en fonction de leur intelligence.

Elevée par des parents exigeants et inquiets, elle avait toujours cherché à être digne d'eux, à faire plaisir et à être à la hauteur de leurs attentes.

Elle manquait sans doute de confiance en elle et avait encore des choses à se prouver et à prouver aux autres ce qui pouvait sembler paradoxal quand on la voyait.

Un beau jour, Héloïse rencontra l'homme de sa vie.

Un mariage ! Quelle occasion rêvée de se faire admirer par un public conquis d'avance !

Toutes les mariées attirent les regards et font l'objet de commentaires élogieux même si parfois la robe est assez convenue ou son choix discutable : les décolletés pigeonnants ou les robes ajustées et lacées dans le dos ne conviennent pas à toutes les morphologies !

Mais Héloïse ne se contenterait pas d'être regardée, elle voulait, une tenue dont on se souvienne longtemps.

Sa motivation était accrue par une rivalité plus ou moins consciente : une de ses amies qui vivait en province devait se marier quelques semaines avant elle.

Elle se prépara à faire le tour des boutiques en compagnie exclusive de sa meilleure amie : elle voulait que le secret fût bien gardé pour garantir l'effet.

Après plusieurs essayages et les avis flatteurs de vendeuses tantôt sincères tantôt intéressées par la perspective d'un ticket de caisse à quatre chiffres, elle eut un coup de cœur pour une robe dont l'originalité la séduisit : elle était certaine du résultat, savait qu'elle capterait tous les regards et, qu'en arborant cette tenue, elle serait une mariée qu'on n'oublierait pas de sitôt

La robe fut commandée et bientôt livrée.

Quelques semaines plus tard, elle reçut un message de son amie de province :

"Regarde la robe que j'ai trouvée pour mon mariage ! Tu ne vas pas en revenir. Je crois d'ailleurs que je vais en étonner plus d'un."

Héloïse cliqua sur la photo et sous ses yeux incrédules apparut la robe dont elle était si fière, "sa" robe.

Elle était mortifiée. Cette robe dont elle s'enorgueillissait, dont elle pensait naïvement qu'elle était unique, se retrouverait sur une autre ?

Même si   les deux jeunes femmes ne devaient pas apparaitre côte à côte dans la même tenue, la magie n'opérait plus.

Telle un enfant capricieux qui envoie promener loin de lui le jouet dont soudain il ne veut plus, elle ne voulut rien entendre. Une simple similitude prenait des proportions inattendues et devenait un point de blocage incontournable.

Pas question de retouches, de modifications qui auraient minimisé la ressemblance, elle ne voulait plus de cette robe.

La fameuse robe se retrouverait sur un site et ferait le bonheur d'une autre.

CHAPITRE 16

Les rapports entre Léa et sa mère Solange avaient toujours été aussi compliqués que complexes.

Arrivée tard dans un foyer qui avait presque perdu l'espoir d'avoir un enfant, sa naissance avait été perçue comme une sorte de petit miracle.

Elle avait donc connu une enfance choyée et hyper protégée.

A l'adolescence, inévitablement elle avait pris ses distances ; sa mère l'avait vécu comme une forme d'ingratitude :

"Après tout ce qu'on a fait pour toi !".

Quant à son père, il déplorait, sans toujours le dire, des écarts de conduite qui le déroutaient.

Léa reprochait à sa mère de se mêler de ses affaires et de toujours la considérer comme une enfant incapable de s'assumer alors que Solange ne comprenait pas comment on pouvait ne pas s'inquiéter pour ses enfants ou chercher à les aider quel que soit leur âge.

Si elles se disputaient souvent, elles avaient toutefois du mal à se passer l'une de l'autre dans un intéressant rapport d'attirance et de rancœur, d'animosité et d'amour.

Mais le jour où, à l'aube de ses trente ans, Léa qui avait un compagnon depuis quelque temps, parla mariage, une véritable embellie s'installa.

Elle proposa même à sa mère dont elle appréciait le goût et connaissait les talents de couturière de l'accompagner pour choisir la robe. Sans doute aussi avec l'espoir inavoué que, du coup, elle la lui offrirait.

Le choix fut un peu délicat, leurs goûts étant assez différents mais finalement elles tombèrent d'accord et la robe fut commandée. Elle était assez conventionnelle mais Léa reconnaissait qu'elle lui allait vraiment bien et mettait sa silhouette en valeur.

Les autres préparatifs furent plus houleux. Solange, encouragée par l'épisode de la robe et galvanisée par la perspective du mariage, donnait son avis sur tout, prenait des initiatives, téléphonait à sa fille dix fois par jour, discutant chaque détail qui prenait alors des proportions inattendues.

Si, dans un premier temps, Léa vit l'aspect positif à la situation - elle se trouvait déchargée d'un certain nombre de « corvées » et n'avait pas à craindre un quelconque oubli-, très vite la coupe fut pleine.

Ce qui partait pourtant d'une bonne intention, lui devint insupportable.

Elle n'en pouvait plus ; elle se sentait infantilisée, dévalorisée. Elle vivait la situation non seulement comme une énième intrusion dans sa vie mais surtout comme un désaveu : elle était donc incapable de se prendre en mains, de gérer seule ? Elle serait toujours la petite fille à protéger, à surveiller, à assister ?

La dispute qui éclata entre elles deux, amplifiée par des ressentiments passés et bien des non-dits, fut irrémédiable.

La robe choisie avec sa mère et sur ses conseils lui fit soudain horreur. Léa ne voulait plus la porter ; elle allait en acheter une autre, moins conventionnelle et surtout différente.

La robe délaissée trouverait bien preneuse.

CHAPITRE 17

Elle se laissa tomber sur le siège n°17.

Son cœur battait à tout rompre, elle était essoufflée et sentait la sueur lui couler dans le dos. Quel stress !

Elle avait bien cru ne jamais pouvoir partir : la France subissait, à son tour, l'épidémie de coronavirus (covid-19) qui resterait dans les mémoires et, outre des protocoles sanitaires contraignants, des restrictions de circulation avaient été imposées. Jusqu'au dernier moment, il n'était pas certain que les déplacements de plus de 100 kms soient à nouveau autorisés et que son mariage puisse avoir lieu. Quand la nouvelle de la levée des limitations était tombée, elle s'était précipitée, avait réservé une place de train pour Paris gare du Nord, avait attrapé sa valise, son sac à main, sa robe de mariée protégée par une housse qui arborait fièrement le nom du magasin en lettres dorées, et avait couru jusqu'à la gare.

Ses parents avaient bien proposé de l'emmener en voiture deux jours plus tard quand eux-mêmes partiraient mais elle avait refusé. Elle avait trop peur que la situation ne se dégrade une fois de plus et puis elle n'avait pas de temps à perdre si elle voulait pouvoir tout remettre en place comme prévu. Elle installa sa robe sur le siège voisin opportunément libre puis elle attrapa son téléphone et envoya quelques messages avec fébrilité.

Il fallait qu'elle se calme ; elle respira et prit appui sur le dossier de son siège. Le voyage lui sembla long. Elle ne pût fixer son attention sur le magazine pourtant peu compliqué à lire qu'elle avait attrapé au vol en quittant la maison familiale : les pensées de tout ce qu'elle aurait à faire en arrivant, occupaient son esprit.

Enfin le train ralentit et entra en gare ; elle s'empara de sa robe, de sa valise et descendit du train le plus vite possible. Une fois arrivée au bout du quai, elle s'arrêta au milieu des voyageurs affairés et chercha son téléphone pour prévenir de son arrivée. Elle fouilla en vain son sac, retourna ses poches : pas de téléphone. Elle recommença : ses poches, son sac : il était introuvable.

A l'évidence elle l'avait oublié dans le train, il avait dû glisser sur le siège ; mon Dieu, elle ne pouvait s'en passer, elle en avait vraiment besoin ; il lui fallait absolument le récupérer avant que le train ne quitte le quai ou n'aille se ranger sur une autre voie, vite. Elle avisa un banc, laissa sa valise à côté et y déposa sa robe : elle n'aurait pu que la ralentir dans ses mouvements et sans doute souffrir de l'inévitable bousculade.

Elle en avait pour deux minutes. Déjà elle fonçait vers son wagon, courait dans le couloir jusqu'à sa place : elle ne mit pas longtemps à apercevoir son téléphone qui la narguait entre le siège et le dossier. Vite. Elle se précipita, remonta le quai en sens inverse zigzaguant aussi vite que possible entre les voyageurs.

De loin, elle vit le banc et crut qu'elle s'était trompée : ni valise, ni robe ! pourtant pas d'erreur possible, c'était le seul banc à la ronde.

 Dans l'indifférence générale, elle se mit à crier

« Ma robe, mon Dieu, ma robe ! » et sentit ses jambes se dérober sous elle.

Le lendemain, on pouvait voir un homme assez jeune assis sur le trottoir ; devant lui un bric à brac d'objets qu'il échangeait contre de l'argent ou autre chose parfois.

 Au milieu de la couverture qu'il avait étalée sur le trottoir, une housse blanche avec un écriteau où d'une main malhabile il avait écrit :

« A vendre, robe de mariée jamais portée »

LOTO

À Aurélien

Chaque année des millions d'euros de gain au Loto ne sont pas réclamés.

Régulièrement la Française des Jeux lance des avis de recherche pour tenter de retrouver les gagnants qui ne se sont pas manifestés. Très souvent en vain.

Un gagnant qui n'encaisse pas le gain dont de nombreux joueurs ont rêvé……

Comment est-ce possible?

C H A P I T R E 1

Qui n'a jamais souhaité être riche ?
Edmond n'échappait pas à la règle et jouait de temps à autre au loto.
Ce jour-là, il avait joué à l'Euro Million ; une somme record de 220
millions d'euros était mise en jeu.
 Son ticket au fond de sa poche, il laissait, comme la laitière de La
Fontaine, vagabonder son imagination, construisait des châteaux en
Espagne et rêvait de devenir millionnaire.
 Non qu'il fût pauvre : il menait une existence confortable mais,
d'un caractère circonspect, il faisait attention à ses dépenses et ne
cédait pas à la tentation de s'offrir quelque chose dont il n'avait pas
vraiment besoin ou dont le prix lui paraissait excessif. Il avait appris
à limiter ses envies à ses moyens et avait du mal à comprendre les
achats impulsifs ou exorbitants. Que penser par exemple d'une
bouteille de vin adjugée à plus de 400 000 € ou de certains objets,
souvent insignifiants, mais estimés plusieurs milliers d'euros en
raison de la célébrité de leurs propriétaires ?
"Il faut être fou ! Enfin chacun ses goûts ! il faut de tout pour faire
un monde." se disait Edmond qui, n'étant pas très cérébral,
reprenait souvent des proverbes ou des lieux communs pour
exprimer sa pensée.

S'il gagnait, il doterait chacun de ses deux enfants qui se lançaient
dans la vie d'une belle somme qui arriverait bien à propos : projet
de logement, de création de boite…Une somme suffisante pour les
aider sans qu'ils se sentent assistés ou perdent leur belle énergie. Il
donnerait aussi une somme rondelette à ses deux sœurs.
Il s'achèterait une grande maison avec un jardin qu'il prendrait
plaisir à rendre beau et agréable, il s'offrirait un voyage ; il avait
toujours souhaité faire le tour des capitales du monde. Il ferait la

liste des villes à visiter le moment venu, mais il savait déjà qu'il descendrait dans les meilleurs hôtels, ceux qui offraient les prestations les plus variées, sauna, piscine, salle de sport…, ceux dont les halls ou les terrasses aperçus de la rue faisaient déjà rêver. Mais il vivait seul depuis le départ de sa femme qui l'avait quitté peu de temps auparavant pour un homme plus jeune et soi-disant plus drôle. Or Il avait toujours trouvé qu'il était vraiment triste de voyager seul : ne pouvoir partager ses plaisirs avec personne les affadit. Il se dit qu'il lui faudrait une compagne, ce qui ne devrait pas être trop difficile à trouver pour un millionnaire. Toutefois il se promit, le cas échéant, d'être prudent ; il ne voulait pas d'une autre déception. Le départ de sa femme qu'il n'avait pas senti venir et avait trouvé profondément injuste, l'avait à proprement parler cassé et il n'en était pas encore tout à fait remis.

Peut-être changerait-il de voiture ? Achèterait-il une montre de luxe ?

 A propos de montre, il pourrait offrir un bijou à son ex-femme, chic mais bien visible, elle aimait ça. Pourquoi pas une parure ? pas une grande, bien sûr ! le diadème, difficile à porter, était superflu. Belle revanche sur celle qui l'avait quitté sans sommation lui reprochant son manque de fantaisie et d'envergure !

Sa vengeance risquait toutefois de passer pour une tentative de reconquête ce qui n'aurait aucun sens ; si elle lui revenait, quel crédit accorder à sa démarche s'il était riche ? Quant à la voir parader au bras d'un autre qu'on regarderait avec la considération qu'on ne manque pas de témoigner aux hommes dont les femmes portent de beaux bijoux, cela lui déplaisait fortement.

Il était évidemment bien décidé à faire un don à une association au service des plus démunis et à une association d'aide aux personnes hospitalisées : il savait que tout ce qui permet d'alléger le poids de la souffrance ou de la solitude peut participer à la guérison des malades.

 En outre, aucune situation ou presque ne lui paraissait plus digne de pitié que d'être à l'hôpital. Il se surprenait même, lui qui n'était pas un pilier d'église, quand il passait devant un établissement de santé, à adresser une courte prière à la Sainte Vierge pour qu'elle aide les malades à supporter leur sort. Les aider à guérir était l'affaire des médecins.

Avec tous ces projets, il ne devait déjà pas être loin d'une vingtaine de millions. Il aurait peut-être quelques numéros qui sortiraient.

Ce dont il était certain c'est que, contrairement à beaucoup de gagnants, il n'arrêterait pas de travailler. Il était assistant social et complétait ses revenus par des prestations au sein d'un réseau d'assistants indépendants ou des aides ponctuelles. Il aimait trop son métier, le contact avec les autres, la sensation de faire un travail utile et surtout qui avait du sens, pour le quitter avant l'heure.

Même si certains matins frileux, le réveil était difficile, il ne se voyait pas inactif, à se demander comment occuper ses journées et il profitait d'autant mieux de son temps libre qu'il en avait peu.

Le soir du tirage, Edmond buvait tranquillement un verre et attendait, sans émotion particulière que s'affichent les résultats du tirage de l'euros millions, effectué, comme il se doit, sous le contrôle d'un huissier de justice.

Cinq boules bleues portant cinq numéros tombèrent sur le devant de l'écran. Interdit, il attrapa ses lunettes : c'était bien les chiffres qu'il avait joués !

« Restent les numéros étoiles pour empocher peut-être la somme record de 220 millions d'euros » Deux numéros rouges dansaient devant ses yeux, deux numéros rouges qui figuraient également sur son billet.

« Regardez bien : si vous avez joué ces sept numéros enchaîna la speakerine tout sourire, vous êtes l'heureux gagnant de la somme exceptionnelle mise en jeu ce soir : 220 millions d'euros ! »

Edmond se leva, brandissant son billet : il avait gagné ! il esquissa un entrechat : il avait gagné ! il embrassa son billet et murmura « Merci ! merci ! » Il ne savait d'ailleurs pas au juste à qui s'adressait ses mercis : à la chance ? aux boules du loto ? à ceux qui, n'ayant pas trouvé pendant plusieurs semaines les bons chiffres, avaient malgré eux augmenté la cagnotte ? à l'Europe ?

Il avait gagné ! S'il avait su, il aurait mis du champagne au frais. Il avait l'impression de manquer d'air et ouvrit la fenêtre. 220 millions d'euros ! il ne réalisait pas : 220 millions, il n'était pas millionnaire, il était multi millionnaire, très, très riche et pour longtemps car bien placée une partie de la somme lui rapporterait chaque mois plus qu'il n'aurait jamais gagné en une vie de travail.

Soudain un vertige le prit : qu'allait-il faire de tout cet argent ?

Ce n'est pas parce qu'on possède soudain des millions qu'on sait mener une vie de millionnaire. Il lui faudrait apprendre à dépenser – quelle ironie ! –, apprendre à se faire servir, apprendre à avoir les goûts de ses moyens, apprendre à ne pas en faire trop au risque de paraitre arrogant ou prétentieux.

Et puis que ferait-il ? De quoi aurait-il donc encore envie quand il aurait réalisé ses vœux les plus chers ? Quand il se serait acheté une montre de luxe, la plus belle des voitures, quand il aurait une résidence principale, une villa au bord de la mer et un chalet aux pieds des pistes, quand il aurait doublé le montant de ses dons, il lui resterait encore beaucoup d'argent et plus de désirs véritables. Il n'allait pas s'acheter un yacht lui qui n'aimait ni la navigation ni l'esbrouffe des cocktails sur le pont d'un bateau à quai, il n'allait pas refaire sa garde-robe tous les six mois ou rénover sa cuisine tous les ans.... Lui qui n'avait jamais jeté son argent par les fenêtres, il était incapable d'envisager de dépenser pour dépenser, sans envie ; il ne voulait pas finir insouciant et blasé comme le Pococurante de Voltaire.

Sa réticence et sa crainte ne devaient rien aux poncifs tels que : " l'argent ne fait pas le bonheur" ou " l'essentiel ne peut s'acheter". Il était tout simplement   certain de finir par s'ennuyer et il redoutait la fadeur de l'existence qui l'attendait.

Cela lui rappela ce qu'il avait éprouvé enfant quand on lui avait parlé au catéchisme de la vie éternelle. « C'est une vie qui n'aura pas de fin » lui avait expliqué sa mère. Une angoisse l'avait saisi : la perspective d'une vie sans fin, loin de le motiver, ne lui faisait aucun plaisir. Que faire de tout ce temps ? Il n'arrivait pas à imaginer cet infini pourtant promis comme une récompense. Cela lui faisait peur.

De la même manière, l'importance de la somme l'angoissait.

Il avait entendu dire que la Française des Jeux assistait les gagnants et proposait un accompagnement psychologique à ceux qui en exprimaient le besoin. Mais avouer qu'il était déçu d'avoir gagné une telle fortune lui semblait inconvenant !

Il avait honte mais comme il aurait préféré gagner une somme plus modeste, une somme grâce à laquelle il aurait pu faire plaisir sans ostentation et se faire plaisir dans la limite du raisonnable, sans aliéner son avenir.

Il essaya d'imaginer sa vie, sans besoin, sans convoitise, sans tentations puisqu'il pourrait succomber à toutes sans grand délai. Comblé, désœuvré dans un monde devenu trop facile, sans privations ni frustrations. N'avoir plus rien à désirer lui paraissait davantage source de malheurs que de bonheurs.

Ne dit-on pas que le meilleur moment de l'amour, c'est dans l'escalier ?

C'est le désir qui donne aux choses leur prix, plus que la possession elle-même dont la jouissance ne dure pas toujours.

Sans compter que sa richesse ne lui paraissait pas légitime Il avait vécu jusque-là avec l'idée que la valeur d'une chose, son prix, dépendent des efforts qu'elle a coûtés.

Il dormit mal. Au matin, sa décision était prise.

Il descendit à la boulangerie devant laquelle un clochard était assis. Rapidement, il jeta son billet dans la casquette retournée.

Le clochard cria sa déception : « Avez pas honte de me donner un bout de papier ? j'suis pas une poubelle ! »

CHAPITRE 2

Paul, Xavier et Denis n'avaient pas beaucoup de points communs si ce n'est qu'ils habitaient tous la même ville non loin de la mer et qu'ils jouaient tous les trois au loto, le mardi matin jour de marché. C'est d'ailleurs grâce à cela qu'ils s'étaient rencontrés au bar tabac de la Poste où, après avoir rempli leurs grilles, ils prenaient un petit café et discutaient de la pluie et du beau temps, du réchauffement climatique et de la hausse des prix.

Un beau matin, ils décidèrent de jouer ensemble, de faire grille commune : chacun cocherait deux numéros et bien sûr, le cas échéant, ils partageraient le gain. Ils avaient l'impression ce faisant de transformer un jeu solitaire en jeu de société et de créer une espèce de synergie qui avaient récemment réussie à d'autres joueurs qui avaient remporté une coquette somme. Il arrivait souvent que sortent des numéros voisins qu'une personne seule n'aurait probablement pas joués sur une même grille.
 Sans parler du plaisir d'avoir l'obligation de se retrouver.
Chacun repartait avec la photocopie de la grille et du reçu que le buraliste avait accepté de leur faire.

Tous les mardis matin en allant au marché, Denis s'arrêtait au bureau de tabac, achetait son journal et retrouvait ses nouveaux amis pour remplir la grille de loto. Pour sa part, il

jouait toujours les mêmes numéros. Il savait que la probabilité qu'ils gagnent était faible mais il avait l'impression en tentant sa chance de se moquer des statistiques, de défier le hasard. C'était cela qui lui plaisait dans le jeu.

Il mettait son ticket soigneusement plié dans la petite poche gousset de son jean, celle tout juste de la taille d'un briquet qu'on utilise rarement et n'y pensait plus jusqu'au tirage.

Ce mardi-là, il devait retrouver quelques amis pour une marche en forêt. Il s'en réjouissait car ces derniers jours la météo s'était avérée peu clémente et la pluie l'avait empêché de sortir. Il changea de chaussures, retira la monnaie qui trainait dans ses poches, enfila une veste sans manche et partit rejoindre ses amis.

La forêt était assez vallonnée et, en toute fin d'après-midi, alors qu'il finissait de descendre un chemin escarpé que pourtant il connaissait, des cailloux glissèrent sous ses pieds et il tomba lourdement en avant. Aussitôt, il ressentit une vive douleur dans le genou gauche. Il ne put se relever qu'avec l'aide de ses amis mais impossible de poser le pied par terre. Serrant les dents, soutenu de chaque côté, il réussit à atteindre un chemin en contre bas mais impossible d'aller plus loin. Il fallut se rendre à l'évidence et appeler les secours.

Tout s'enchaina rapidement, il fut pris en charge et conduit à l'hôpital.

Il avait une petite fracture de la rotule et une belle entaille au genou. On immobilisa la fracture, son genou fut suturé et sa sœur vint le chercher.

Arrivé chez lui, il se mit au lit, un peu sonné par toutes ces émotions et légèrement vaseux à cause des calmants qu'on lui avait administrés. Il entendait sa sœur farfouiller dans la cuisine tout en monologuant.

« Tu veux boire quelque chose ? Tu veux que je te prépare à diner ? Ton pantalon est déchiré, il n'est plus mettable. Je range tes autres affaires. »

Elle s'activait toute heureuse d'être utile. Énergique, elle n'aimait pas que les choses trainent, au propre comme au figuré.

« Merci, merci bien. Tu peux rentrer, ça va aller » grommela-t'il.

Sa sœur était bien gentille mais si elle se sentait indispensable, sa présence pouvait vite devenir un peu pesante et il avait besoin de calme sans compter que son moral en avait pris un coup ; il n'avait donc plus le pied aussi sûr ? Étaient-ce les prémices de la vieillesse

? Pourrait-il reprendre les promenades qu'il aimait tant sans l'aide d'un bâton aux allures de canne ?

Cependant il récupéra rapidement, ses forces et donc son moral et prit le parti de rire avec ses amis de ce qu'il appelait "sa mésaventure".

Le mardi suivant, il repensa soudain à son billet de loto et appela sa sœur :

« A propos, où as-tu mis mon pantalon déchiré ?

– Ton pantalon ? je te l'ai dit : il était complètement lacéré au genou, fichu ; je l'ai déposé dans un conteneur du Relais. Au moins ce ne sera pas complètement perdu. »

Ce qui était complètement perdu, en revanche, c'était le ticket resté dans la poche.

Heureusement qu'il pouvait compter sur ses camarades de jeu !

*

Comme chaque mardi avant d'aller au travail, Paul avait rempli la grille avec ses nouveaux amis.

Il ne savait jamais où cacher son billet de loto ; au cas où ils gagneraient, il ne voulait surtout pas prendre le risque de le perdre ni surtout de se le faire voler.

Pas question donc de le glisser dans son portefeuille ou dans la poche de son blouson, premières cibles des pickpockets.

Pour brouiller les pistes, il variait les cachettes et s'ingéniait à trouver des planques inédites au risque d'oublier où il avait finalement caché son billet mais il était assez fier de sa dernière idée.

Paul était attaché commercial et voyageait beaucoup, principalement en voiture, un véhicule de fonction qu'il garait parfois dans les locaux de la boite.

Un beau matin, le responsable de la société réunit les commerciaux :

« Chers collègues, grâce au travail de tous et aux efforts de chacun, notre affaire se porte bien.

Une surprise vous attend donc. J'ai fait renouveler les voitures de la flotte dont certaines étaient déjà anciennes.

Ce geste devrait accroitre votre motivation et renforcer votre attachement à notre groupe. Je tenais vraiment à vous en faire la surprise.

Nous avons bien entendu pris soin de retirer les quelques effets personnels qui pouvaient se trouver dans les voitures, les boites à gants ont été vidées et vous trouverez vos affaires dans des cartons à vos noms »

Des exclamations suivies d'applaudissements saluèrent ce bref discours et tous se précipitèrent au garage.

Paul, bien qu'il eût atteint la quarantaine, était comme un gamin devant un nouveau jouet, semblable en cela à beaucoup d'hommes qui, tous âges confondus, retrouvent leur âme d'enfant devant un engin motorisé quel qu'il soit.

Il passa un bon moment avec ses collègues à admirer les nouvelles voitures, à faire l'inventaire des nouvelles options et des nouveaux gadgets.

Puis ils décidèrent d'aller fêter ça au bistrot du coin. Sur le comptoir, Paul avisa un tableau où figuraient le résultat du dernier tirage du loto ; son regard s'arrêta sur l'affichette : 06 11 15 24 28 10.

Leur combinaison ! celle qu'ils avaient validée quelques jours auparavant !! Il poussa un cri de victoire « yes » fit-il en baissant son poing fermé ; décidemment c'était son jour de chance !

« C'est ma tournée » dit-il à l'intention de ses camarades sans donner plus d'explication.

Mais son sourire se figea d'un coup : son billet, où avait-il mis son billet ? il passa mentalement en revue ses dernières cachettes et se sentit blêmir ; sa voiture...il se souvenait soudain d'avoir glissé son reçu derrière le pare-soleil.

Abandonnant le groupe étonné, il se précipita, regagna les bureaux, vérifia le carton à son nom : aucune trace du papier.

« Où sont les anciennes voitures ? demanda-t'il

– Elles ont été emportées par un garagiste et doivent être déjà loin à cette heure. »

Paul se demanda si quelqu'un dénicherait le reçu coincé dans le pare-soleil.

Heureusement, il pouvait compter sur ses amis !

*

Il faisait gris ce mardi matin-là mais, même par mauvais temps, Xavier aimait sortir en mer.

« Tous les temps sont beaux » se plaisait-il à répéter.

Il possédait un petit bateau à moteur avec lequel il n'aurait pas pu partir pour un voyage au long cours mais amplement suffisant pour faire un tour ou partir à la pêche comme il le faisait souvent.

Non qu'il appréciât particulièrement le poisson, surtout pas le maquereau qui était sa prise la plus fréquente mais il cherchait avant tout à se divertir, pas à se nourrir ; le plaisir qu'il retirait de sa pêche n'avait rien de matériel.

Il aimait le contact avec la nature, avec cette mer toujours différente, avec les mouettes et les goëlands qui l'accompagnaient parfois dans l'espoir d'un larcin, guettant ses prises.

Il avait l'impression de mieux respirer, au physique comme au moral ; sur mer, il était seul, il pouvait faire ce qu'il pensait bon de faire en fonction de la mer ou des mouvements du poisson, il pouvait même ne rien faire et regarder autour de lui.

Il n'avait pas besoin de parler, personne ne lui posait de questions, il était loin des autres et cela le reposait : personne ne pérorait à ses côtés, personne ne criait.

Il n'était bien sûr pas dans un monde silencieux mais les bruits qui l'entouraient n'avaient rien à voir avec ceux de la terre ferme.

Il se sentait libre, il était calme. Il avait besoin de cette échappatoire pour reprendre des forces.

Il n'était pourtant pas malheureux et beaucoup auraient pu lui envier sa bonne santé ou sa vie confortable.

Toutefois, il souffrait de vivre en ville, lui qui avait grandi à la campagne et avec le temps, supportait de moins en moins les bavardages, surtout ceux de sa femme. Depuis le départ des enfants, il était devenu son seul interlocuteur et la seule cible des remarques qu'elle faisait pour un oui et pour un non.

Elle lui avait par exemple reproché de garder dans la poche de sa vareuse le reçu de son ticket de loto. Quelle importance ? du moment qu'il savait où le trouver….

Tout à ses pensées, il n'avait pas senti le vent forcir et prit conscience soudain que la mer autour de lui commençait à moutonner. Mieux valait ne pas trop trainer. Il fit donc demi-tour et lança son moteur à fond.

La barque avançait vaillamment affrontant les flots menaçants et faisant jaillir des gerbes d'écume que Xavier ne pouvait éviter. Cramponné au manche de son moteur, il voyait l'avant du bateau se soulever et retomber lourdement dans le creux de la vague. Il se redressa pour voir s'il approchait du rivage mais une vague plus forte qu'une autre lui fit perdre l'équilibre. La vague suivante, toute aussi puissante, submergea l'embarcation dont le moteur tournait désormais dans le vide.

Alertés par sa femme inquiète de ne pas le voir rentrer, les secours après avoir exploré plusieurs zones en affrontant eux aussi la tempête mais avec un plus gros bateau finirent par apercevoir la barque et trouvèrent Xavier cramponné à la quille, épuisé, frigorifié mais vivant. Il était resté dans l'eau trois bonnes heures.

Le ticket de loto au fond de sa poche était désormais illisible.

Heureusement que ce n'était pas le seul exemplaire !

CHAPITRE 3

Quentin et Gaëlle, comme beaucoup de couples, s'étaient rencontrés chez des amis communs et s'étaient tout de suite plu.
Au-delà de l'attirance et du coup de cœur, leur relation s'enracinait dans une éducation semblable et des valeurs communes, ce qui était essentiel à leurs yeux pour garantir la pérennité d'une union.
Leurs goûts en revanche étaient sensiblement différents mais les concessions mutuelles qui marquent souvent le début d'un couple et l'arrivée rapide de jumeaux ne leur avaient permis ni de s'en apercevoir vraiment ni en tous cas d'en être affectés : la majorité de leurs loisirs tournait autour des enfants, de leurs besoins et de leur plaisir.
Une fois les enfants plus autonomes, ils avaient intuitivement trouvé un équilibre. Ils pratiquaient chacun le sport de leur choix mais le même jour, allaient au cinéma ensemble mais dans des salles différentes, les films qui plaisaient à l'une faisant bailler l'autre et vice versa.
Quand il leur arrivait de regarder la télévision, ils choisissaient le programme à tour de rôle.
Ils ne s'étaient jamais posé la question des vacances qu'ils passaient en grande partie dans leurs familles réciproques. Ils en profitaient pour faire la tournée des neveux ou des amis. Les circonstances, les opportunités décidaient pour eux.
Ils avaient toutefois eu à cœur de se trouver une activité commune et jouaient au golf ensemble, sport dans lequel chacun d'eux trouvait son compte. Enfin et surtout, ils partageaient de bons moments ensemble dans l'intimité de plaisirs renouvelés.
Leurs amis s'amusaient de ce couple qui se chamaillait souvent mais dont la complicité était évidente au-delà de leurs différences. Un

certain nombre d'entre eux les enviaient d'avoir su trouver un modus vivendi aussi harmonieux.

Un beau jour, ils décidèrent de jouer au loto. Ils choisirent chacun trois numéros, le dernier était la date du jour où ils s'étaient mariés : un 24.

Avant même de connaitre les résultats du tirage, ils discutèrent de l'usage qu'ils feraient de leurs gains.

« Je rêve depuis longtemps d'aller en Écosse dit Quentin

— Oh non ! il y pleut trop ! Si on faisait plutôt une croisière en Méditerranée ?

— Une croisière ? Tu plaisantes ! pour se retrouver à tourner en rond au milieu de retraités en goguette ! Très peu pour moi ou alors dans vingt ans !

En revanche, un séjour au bord de la mer me plairait bien, par exemple dans un bel hôtel qui proposerait toutes sortes d'activités nautiques.

— Non merci, pas pour moi ; je n'ai pas le pied marin et je n'aime pas beaucoup l'eau. Quant à buller toute la journée sur une plage....

Je pensais davantage à la montagne si accueillante hiver comme été, si grandiose et si apaisante !

Ou alors pourquoi ne pas aller dans un endroit qui associe mer et montagne, l'exotisme en plus ? j'ai toujours eu envie de visiter la Thaïlande par exemple.

— Tu es folle ! C'est beaucoup trop loin ! tu imagines la longueur du vol ? très peu pour moi ! Je supporte difficilement les vols qui excèdent six ou sept heures. C'est trop pénible et en outre mauvais pour l'organisme dit-on.

Que dirais-tu d'un abonnement au théâtre ?

— Tu sais très bien que je préfère l'opéra. J'ai toujours rêvé d'aller au festival de Bayreuth. Ce serait l'occasion.

Au fil de leurs échanges, ils réalisèrent que leurs envies et leurs goûts si différents mettaient à jour des divergences qu'ils avaient, plus ou moins consciemment, occultées pour construire l'équilibre de leur couple. Des failles apparaissaient au grand jour qui risquaient de mettre à mal ce bel édifice et d'engloutir leur histoire.

Ils ne pouvaient prendre le risque de gagner.

D'un commun accord, ils déchirèrent leur billet.

CHAPITRE 4

Delphine avait la démarche énergique et décidée des femmes qui sont sûres d'elle. Ses talons claquaient sur le bitume et ses cheveux se balançaient au rythme de ses pas.

Si sa vie professionnelle était réussie puisqu'elle se trouvait aujourd'hui à la tête du département communication d'un grand groupe, sa vie sentimentale était moins aboutie. Elle était célibataire par choix : telle Don Juan, la nouveauté et les obstacles la stimulaient et elle rêvait de conquêtes amoureuses.

Elle rencontra Simon lors d'un congrès. Il lui fit des avances et comme ce bel homme à la cinquantaine élégante lui avait plu d'emblée et qu'en outre il occupait un poste important ce qui ne la laissait pas insensible, elle ne s'était pas fait prier plus qu'il ne fallait pour se retrouver dans son lit.

Ils se revirent à Paris et firent plus ample connaissance. Elle apprit qu'il était marié enfin plus pour longtemps :

« Je vais divorcer, c'est une affaire de quelques semaines lui dit-il. Nous partageons encore la même maison mais plus le même lit précisa-t-il avec une œillade qui se voulait égrillarde. Le sexe entre nous, c'est terminé. »

Les mois passèrent ; ils se voyaient souvent à midi, parfois le soir quand il pouvait prétexter une réunion de travail tardive ; il l'emmenait dans des restaurants de banlieue où le risque de rencontrer des proches était moins grand et où des chambres étaient disponibles à l'étage, de ces restaurants où, à y bien regarder, il y a plus de voitures garées sur le parking que de clients dans la salle.

Cette clandestinité l'amusait et mettait du piment dans leur relation mais le temps passant elle supportait mal de vivre dans l'ombre : elle aurait voulu que la situation se clarifie plus vite.

Delphine se sentait de plus en plus amoureuse et donc de plus en plus frustrée. Même si Simon avait installé chez elle sa trousse de toilette et une tenue de rechange, elle avait l'impression de n'avoir que des miettes, du temps volé à l'autre. Ils partirent en week-end deux ou trois fois quand Madame alla voir sa mère mais elle aurait voulu s'afficher au bras de Simon, passer tous les week-ends avec lui, avoir la vie d'un couple normal.

Elle passa Noël toute seule et il lui promit que c'était la dernière fois.

« Sois patiente, c'est un peu compliqué tu sais. Sans parler de notre fils, il y a des intérêts financiers en jeu : madame a des parts dans ma société »

Cette relation, rythmée par des impératifs extérieurs et dictés par "l'autre" : anniversaires, réunions de famille, vacances, annulation de dernière minute, retards…, finissait par lui peser.

Mais il savait trouver les mots pour entretenir l'espoir d'un dénouement prochain et d'une relation enfin à 100%.

Un soir, par hasard, lors d'un cocktail professionnel où elle décida de se rendre à la dernière minute, elle fit la connaissance de sa femme, une grande blonde élégante et enjouée. Elle qui croyait le délivrer d'une relation pesante, elle se découvrait plutôt une rivale. Simon n'avait pas l'air si malheureux ! Il semblait même plutôt fier de la présenter aux uns et aux autres. Lui tenant le haut du bras, il la guidait d'un groupe à l'autre. Ils souriaient, échangeant parfois des regards entendus.

Elle s'éclipsa avant qu'il ne la vît. La jalousie lui mordait le cœur.

Mais capituler n'était pas dans son caractère : elle aimait les défis. En outre, elle était sans doute trop attachée à lui pour renoncer à cette relation qui la comblait physiquement et la flattait socialement : elle continua à le voir ; elle attendait son heure.

Un matin, il lui téléphona, tout excité :

« Chérie, j'ai gagné au loto, enfin ! Le reçu de la grille a dû rester chez toi. Dans la poche de ma veste. Peux-tu le récupérer et me l'apporter à midi ? »

L'espace d'une seconde, elle l'imagina rentrant chez lui triomphant, sa femme sortirait le champagne, son fils préparerait une liste de

cadeaux ; il allait les gâter, les emmener pour des vacances inattendues...
Elle trouva le ticket gagnant dans le costume et le déchira en petits morceaux.

CHAPITRE 5

Chaque année à Noël c'était la même histoire. Non pas l'histoire que racontait la crèche remontée de la cave pour l'occasion mais celle que représentait le fait de trouver des cadeaux qui feraient plaisir à chacun et ne ruineraient personne. Toute une histoire vraiment !

 C'était toujours plus facile pour les filles, en tous cas pour les jeunes, car dénicher un présent inédit pour tante Annette par exemple était de plus en plus difficile au fil des années.

Tante Annette était veuve depuis longtemps. Elle n'avait pas eu d'enfant et ses neveux comptaient beaucoup pour elle. Même si la vie les avait inévitablement éloignés, l'affection réciproque qu'ils éprouvaient, était restée vive et ils étaient toujours heureux de se retrouver en particulier à Noël.

Cette année-là, Basile avait décidé d'offrir à sa tante un billet de loto : peut-être une petite fortune à moindre coût, peut-être un cadeau à la hauteur de son affection qui était bien plus grande que ses moyens.

Il avait choisi les chiffres complètement au hasard et aurait été bien incapable de s'en souvenir.

Comme chaque fois ou presque, la distribution des cadeaux commença par le plus jeune qui, cette année-là avait à peine un an. On lui apporta des objets mystérieux, emballés avec amour. Ses parents étaient plus contents que lui devant les paquets multicolores et montraient un enthousiasme touchant mais assez peu communicatif pour les jouets offerts : comme tous les enfants, il s'intéressait surtout aux rubans et aux papiers.

La distribution se poursuivit dans un joyeux désordre.

Tante Annette fut un peu surprise du cadeau de Basile ; elle ne jouait jamais à un quelconque jeu d'argent et recevoir un banal morceau de papier la décontenançait un peu. Qu'en faire ?

Mais elle remercia Basile avec affection et le félicita pour son idée originale.

Tout le monde fut content de ses cadeaux. Parfois, comme tante Annette, un peu étonné, parfois un peu déçu, comme Basile qui avait reçu son troisième tire-bouchon mais la fête avait été réussie.

On avait même retrouvé, après avoir cette année encore fouillé fébrilement la poubelle, la petite cuillère en argent qui manquait lorsqu'on avait compté les couverts avant de les ranger dans des écrins qu'ils ne quitteraient sans doute pas avant le prochain Noël

On se quitta au milieu des embrassades et des "mercis".

Tante Annette qui était organisée, ramassa discrètement avant de partir et rangea dans son sac, ceux des papiers cadeaux qui, une fois défroissés, pourraient encore servir. Ayant connu des temps difficiles de restrictions, elle détestait l'idée de voir jeté ce qu'elle pensait pouvoir être encore utile :

« On ne sait jamais, on peut en avoir besoin un jour » répétait-elle à l'envi.

Quelques mois plus tard, tante Annette invitée à l'anniversaire d'une de ses amies, chercha de quoi emballer son présent, une jolie tasse à thé et sa soucoupe.

Elle trouva, comme prévu, dans le bas de son armoire, les différents papiers colorés qu'elle avait mis de côté depuis plusieurs mois et les sortit pour en chercher un qui conviendrait.

Quelle ne fut pas sa surprise en découvrant, glissé entre deux papiers, le ticket de loto reçu à Noël dernier.

Elle ne saurait jamais si elle avait gagné.

CHAPITRE 6

Hélène avait toujours été distraite ce qui lui avait valu, dans son enfance, bon nombre de moqueries.

Si cela la pénalisait dans sa vie personnelle car il lui arrivait d'oublier ses clés, de ne plus savoir où elle avait rangé tel ou tel bijou ou d'oublier le linge dans la machine à laver, cela n'avait pas de répercussions sur sa vie professionnelle car elle était très consciencieuse, très minutieuse et prenait en outre le soin de se faire bon nombre de « pense-bête » : son bureau était constellé de post-it multicolores.

Elle travaillait dans un groupe de presse et son rôle consistait à sélectionner les textes à publier.

Elle était l'étape incontournable pour qui espérait paraitre, en ligne ou sur papier, et pour certains obtenir une petite notoriété.

Un jour, une de ses collègues arriva toute excitée : elle venait de gagner quelques dizaines d'euros au loto.

« Comme quoi cela peut arriver ! j'ai vraiment bien fait de tenter ma chance. Ça fait vraiment plaisir ! de l'argent qu'on n'a pas gagné, pas mérité au sens où l'on ne s'est pas donné d'autre peine pour l'obtenir que de cocher quelques cases sur une grille. »

Hélène n'avait jamais joué à un jeu de hasard : elle ne croyait pas à la chance ; elle croyait davantage à l'effort, au travail, sans compter que pour une journaliste, la chance n'était souvent que le fruit du professionnalisme, rien de plus. D'ailleurs elle trouvait que le mot était galvaudé, trop souvent employé : non, ce n'était pas de la chance d'avoir un enfant poli, des amis fidèles ou une promotion.

Pourtant voyant la joie de sa camarade devant de ce gain inespéré, Hélène eut envie elle aussi de remplir une grille. Simplement, pour limiter les risques que pourrait lui causer son étourderie légendaire, elle décida de jouer par internet ; elle savait que les gagnants étaient avertis par un mail de la FDJ si leurs numéros sortaient.

Sans grande originalité, elle joua sa date de naissance et le début de son numéro de portable.

Les semaines passèrent et elle ne pensa plus à son loto.

Jusqu'au jour où elle reçut un appel d'un collègue étonné et surtout mécontent de n'avoir pas eu de réponse à son envoi, aucune réaction à son texte.

Elle était désolée mais cela ne lui disait rien du tout ; elle n'avait rien reçu dernièrement venant de lui.

« Tu reçois beaucoup de courrier. Tu devrais vérifier dans tes spams de temps en temps »

Chaque jour en effet, elle recevait des dizaines de messages sur son ordinateur : nouvelles, articles, alertes…. Elle devait trier et vérifier les uns, relire les autres, valider, refuser demander des précisions.

Par acquit de conscience, elle alla jeter un coup d'œil dans ses spams et fouilla fébrilement à la recherche du message soi-disant perdu.

Elle faisait défiler les envois. Soudain au milieu des publicités et autres injonctions, elle vit apparaitre un message de la FDJ : on l'informait que les numéros qu'elle avait joués étaient sortis au tirage et qu'elle avait quelques jours pour se manifester.

Le délai était passé.

CHAPITRE 7

Dans son quartier, Eduardo était connu pour son entrain et son exubérance.

Il ne savait cacher ni ses sentiments ni ses émotions : il gesticulait beaucoup, parlait fort, et prenait souvent des inconnus à témoin de ses enthousiasmes, de ses protestations ou de ses incompréhensions. Le moins que l'on puisse dire, c'est qu'il n'avait pas peur de dire ce qu'il pensait ou ressentait.

Cela lui venait sans doute des racines italiennes de sa famille mais son installation dans un petit bourg non loin de Marseille n'avait rien arrangé.

Employé communal, il arrondissait ses revenus en rendant de menus services à l'un ou à l'autre, en dehors de ses heures de travail. Il connaissait tout le monde.

Sa femme était assistante maternelle. Avec deux enfants à la maison, ils ne manquaient de rien mais se contentaient le plus souvent du nécessaire aussi Eduardo jouait-il régulièrement au loto dans l'espoir de gagner de quoi s'offrir quelques extras. Il n'était pas naïf et savait que la probabilité de gagner, surtout une grosse somme, était très faible mais il n'était pas homme à rester les bras croisés à attendre que la chance passe et lui sourie.

Il jouait invariablement les mêmes numéros, les chiffres des jours importants de sa vie : mariage, naissances des enfants...

Un soir enfin ses numéros sortirent. Seul joueur à avoir coché les bonnes cases, il remportait la belle somme mise en jeu pour le tirage spécial du vendredi 13.

Eduardo poussa un cri qui fit trembler les murs de la maison et sortit en brandissant son ticket gagnant. Il traversa le village, rameutant tout le monde et, arrivé au café où il avait acheté son fameux ticket, il offrit une tournée générale au milieu des exclamations et des éclats de voix.

*

Quand il ouvrit la porte de chez lui, le lendemain matin, prévenus sans doute par un voisin irréfléchi ou indélicat, un journaliste et un cameraman qui s'étaient postés devant la maison, se précipitèrent.
Il répondit aux questions de bonne grâce et présenta son meilleur profil à l'objectif, flatté de l'intérêt qu'il suscitait, goûtant sa nouvelle célébrité.
Dans l'après-midi, il fut arrêté à plusieurs reprise par des gens du village : l'un avait un besoin urgent d'un prêt, un autre d'une aide ponctuelle pour finir des travaux, un troisième était harcelé par un créancier… tous savaient pouvoir compter sur lui.
Il fit la sourde oreille aux sollicitations, éconduisit gentiment les quémandeurs, et se mit au travail comme d'habitude. Il était bien décidé à ne rien changer dans l'immédiat à sa vie. Il souhaitait prendre un temps de recul et mûrir ses projets.
Mais il ne put trouver la paix : son téléphone ne cessait de vibrer : appels de lointains parents, de conseillers financiers, de courtiers divers, de journalistes…. sans parler de sa boite aux lettres devenue trop petite pour l'afflux de courrier. La Française des Jeux, comme à son habitude, avait pris contact avec lui proposant son aide et ses conseils, mais le mal était déjà fait.
L'attention médiatique, qui l'avait flatté dans un premier temps, l'importuna rapidement.
Sa femme et ses enfants eux-mêmes étaient pris à parti, parfois gentiment, parfois sans aucun tact et vivaient mal la situation.
La célébrité à laquelle pourtant bien des personnes aspirent, ne leur causaient que des désagréments et finit par devenir très pesante.
Ils finirent par rester cloîtrés chez eux, attendant avec une réelle impatience et un certain énervement de pouvoir reprendre le cours de leurs existences, de redevenir comme avant et de ne plus susciter l'attention.
Eduardo, incapable de supporter un tel confinement, trainait dans sa maison comme une âme en peine, attendant la tombée de la nuit pour mettre le nez dehors, le visage dissimulé par un chapeau et

une écharpe. Il avait l'impression d'être un prisonnier en cavale. Quelle vie pour cet homme affable et si sociable !

Partir, à l'autre bout de la France, gagner le Nord par exemple lui était bien venu à l'esprit mais c'était sans compter sur les réseaux sociaux qui, rarement en reste, avaient commencé à tisser leur toile : histoire et photos se diffusaient un peu partout. Ils seraient vite reconnus et à nouveau harcelés.

Quant à se réfugier sur une île déserte, cela ne lui disait vraiment rien du tout ! Vivre loin des lieux qu'il aimait, coupé du monde, lui paraissait insupportable ; bien sûr il serait en famille, mais tous tourneraient rapidement en rond et n'échapperaient ni à la monotonie ni à l'ennui qui l'accompagne toujours.

Il ne voyait pas d'issue. Sa notoriété involontaire le privait de la vie qu'il aimait.

Quelques jours plus tard, sa décision était prise : il n'irait pas toucher son gain et convoquerait la presse pour l'annoncer.

À ceux qui, scandalisés par une telle désinvolture, le traiteraient de tous les noms, il rappellerait qu'ils n'avaient qu'à tenter leur chance ; rien n'était vraiment perdu : la somme serait remise en jeu.